버진
신드롬

버진
신드롬

열일곱,
성에 관한
여섯 가지 에피소드

박경희 지음

차례

베이비, 베이비

·

임신

은휘는 꿈꾸듯 춤을 춘다. 우진은 드럼을 치며 노래를 부른다. 우진의 드럼 비트가 가팔라질수록 은휘의 움직임도 점점 더 빨라진다. 은휘의 몸짓이 현란해질수록 우진의 노랫소리에 한층 더 힘이 들어간다.

동대문 두타 상가 앞. 오가는 사람들의 눈길이 어렴풋이 느껴진다. 깃발 아래 모인 관광객들이 한여름 매미처럼 왁자지껄 떠들며 사진을 찍는다. 은휘는 눈을 감은 채 더더욱 격렬하게 몸을 흔든다.

우진의 목소리가 바람 저편에 있는 소리처럼 멀리 들린다. 잦아드는 소리에 맞춰 흐느적거리듯 몸을 비튼다. 문득 엄마 아빠가 은밀하게 주고받았던 말들이 떠올라 가슴이 서늘해진다.

　그날 밤, 은휘는 우진과 오디션 프로그램 출전 준비로 늦게까지 연습을 했다.

"오빠. 난 자신 없어. 지금이라도 파트너 다시 찾아봐."

　은휘가 땀으로 범벅된 머리를 만지며 말했다. 마음과는 정반대의 말이었다.

"난 너랑 같이 나가는 것만으로도 좋아."

　우진이 은휘의 입술에 살짝 입을 맞추며 말했다.

　달캉달캉.

　은휘의 가슴이 어린 새처럼 울렁거렸다.

　그날 밤늦도록 청계천 다리 밑에서 호흡을 맞췄다. 시간이 화살처럼 빨리 지나갔다. 온몸에 땀이 흘렀다. 우진도 카키 색 셔츠가 땀으로 흥건했다. 우진이 은휘 이마의 땀을 닦아준 뒤, 살짝 안아주었다.

　달캉달캉……. 콩닥콩닥…….

　덜컹거리는 여운을 그대로 안은 채, 은휘는 자정이 되어서야 집에 들어섰다. 집 안 분위기가 물속으로 가라앉은 듯 조용했다. 엄마를 깨우지 않으려 까치발로 걷는데, 빼꼼 열린 안방 문틈으로 소곤거리는 소리가 들렸다. 귀를 쫑긋 세우고 문 옆에 붙어 섰다. 불길한 예감이 스쳤다.

"불안해서 죽겠어요. 춤에 미쳐서 밤마다 늦고, 가끔 들어오지도 않는 걸 보면……. 하는 짓이 어쩜 지 친엄마를 빼다 박았는지."

'친엄마?'

은휘는 다리가 후들거렸다.

"쓸데없는 소리! 애 스무 살 될 때까지 친모 얘긴 입 밖에 내지 않기로 했잖아."

아빠가 버럭 소리를 질렀다. 평소에 못 보던 모습이었다.

"알았어요. 휴, 내가 말을 말지."

잠시 정적이 흘렀다. 가슴이 널뛰기를 하고 입술이 타들어갔다.

"요즘 남자애랑 어울려 다니는 것 같아 더 걱정이에요. 난 은휘가 안 들어오는 날엔 잠이 안 와요. 그 여자처럼 사고나 치고 다니진 않을지. 이래서 피가 무섭단 건가 봐요."

엄마가 무너질 듯 한숨을 내쉬었다.

"나참. 그만하래도! 누가 들을까 겁날 소리를 왜 해? 괜히 긁어 부스럼 만들지 말고 입단속 잘해요."

머리 위로 폭탄이 떨어지는 것 같았다. 온몸이 땅속으로 꺼지는 것 같기도 했다. 후다닥, 방문을 열었다. 은휘를 본 엄마 아빠는 눈이 휘둥그레졌다.

"친엄마라니, 그게 무슨 말이야? 엄마가 내 엄마가 아니란 소리야?"

악다구니를 내질렀다. 엄마는 귀신이라도 본 듯 기겁했다.

"저기, 은휘야. 그게 아니고."

아빠는 세상에서 가장 난처한 표정으로 버벅거렸다.

'그게 아니라니. 아니야. 다 들었단 말이야.'

은휘는 하이에나처럼 날 선 눈으로 둘을 번갈아 노려보았다.

"도대체 누가 내 친엄마인 건데?"

"은휘야, 진정해. 엄마가 다 말해줄게. 이리 와서 앉아봐. 응?"

사그라져가는 향초처럼 맥을 놓은 엄마가 은휘를 향해 팔을 허우적댔다. 은휘는 거칠게 엄마 손을 뿌리쳤다. 눈물조차 나오지 않았다.

"은휘야!"

호통인지 외침인지 모를 아빠 목소리를 뒤로하고 곧바로 집을 뛰쳐나왔다.

새벽녘의 밤거리는 무법지대였다. 술 취한 사람들의 고함 소리와 쌩쌩 달리는 자동차의 굉음에 소름이 끼쳤다. 숨을 곳은 청계천 다리 밑 무대뿐이었다. 보랏빛 꽃봉오리를 안고 있는 수선화를 볼 수 있어 다행인 은휘의 아지트다.

집을 나온 뒤 은휘는 청계천을 오가며 춤추고 노래했다.

은휘는 엄마 입에서 나온 '친엄마'라는 말을 지우려 거의 발광하듯 몸을 흔들어 젖힌다.

은휘가 곡을 연주해달라는 사인을 보내면 우진은 포효하듯 드럼을 치며 노래했다.

은휘는 칼춤 추는 무녀 같았다. 모든 것을 잊기에는 춤이 최고다. 약에 취하면 이런 기분일까. 온 세상이 하얗다. 관객들도 점점 더 흥분되는지 휘파람을 불어댄다.

"춤이 참 기가 막히네. 끼 있는 애들은 따로 타고나나 봐."

허스키한 아줌마의 목소리가 뒷덜미를 잡는다. '끼'라는 말이 가시처럼 가슴을 찌른다. 춤을 멈춘 채 눈을 뜨고 주위를 둘러봤다. 다크서클이 짙은 아줌마가 손뼉을 치다 말고 은휘와 눈이 마주쳤다. 호기심 가득한 얼굴이 엄마 친구를 닮았다.

엄마는 친구들 모임에 은휘를 데리고 나가곤 했다.

"어머나. 쟤 좀 봐. 엉덩이 돌리는 거며, 허리 비트는 거. 끼가 좔좔 흐르네, 흘러."

엄마의 절친이 속삭이듯 말했다. 다른 아줌마들은 웃는 것도 우는 것도 아닌 애매한 얼굴로 은휘를 보았다. 아니, 온몸을 훑었다. 엄마 친구들은 이미 아이들이 중학생이라 모임에 따라 나온 아이는 은휘뿐이었다. 아홉 살 은휘는 그 모임의 꽃이었다.

엄마 친구들은 실컷 먹고 마신 뒤 꼭 노래방엘 갔다.

은휘가 엄마를 졸졸 따라다닌 이유는 바로 노래방 때문이었다. 어린 은휘에게 노래방은 놀이터보다 더 매력적인 무대였다. 은휘는 요정처럼 춤을 췄다. 엄마 친구들은 모두 트로트를 불렀다. 어떤 노래든 상관없었다. 흥겨운 비트에 맞춰 몽롱하니 온몸을 흐느적거렸다. 엄마 친구들은 은휘를 넋 놓고 바라보다 한두 마디씩 했다.

"어머머. 저 끼를 어쩌냐. 보통이 아니네."

그때만 해도 은휘는 '끼'라는 말이 무슨 뜻인 줄 몰랐다. 그저 칭찬해주는 말인 줄 알고, 오줌이 마려운 것도 참고 엉덩이춤을 췄다.

"그만두지 못해!"

화장실에 다녀온 엄마는 이 장면을 보고 송충이 보듯 진저리를 쳤다. 엄마는 평소에도 은휘가 춤추는 걸 싫어했다. 티브이를 보며 몸을 흔들면, 채널을 확 바꿔버리며 은휘를 노려볼 정도였다.

"우리 은휘가 니들 장난감이니? 애 데리고 뭣들 하는 거야?"

평소에는 차분하던 엄마가 큰 소리를 내질렀다. 은휘는 엄마의 눈치를 보며 구석에 서서 엄마 친구들이 노래하는 걸 들었다. 그 와중에도 은휘는 장단에 맞춰 발가락 춤을 췄다. 그러다 엄마가 잠깐 자리라도 비우면 기다렸다는 듯 격렬하게 몸을 흔들었다. 나폴나폴한 치맛자락을 휘날리며.

"정말 놀랍다. 타고난 것 같지 않아? 그 여자도 댄서였다지?"

"아냐. 가수였다는데 그야말로 딴따라지 뭐. 암튼 피는 못 속인다니까."

"얘. 말조심해. 쟤 들을라."

엄마 친구들은 비밀을 나누듯 속닥거렸다. 은휘는 어른들의 불온한 호기심을 눈치챌 만큼 영악한 아이가 못 되었다.

'그때 알아챘어야 했던 건데.'

은휘는 문득 화가 치밀었다. 춤을 멈춘 채 폰으로 자신을 찍고 있던 아줌마를 정면으로 쳐다보았다.

"나 춤추는 데 아줌마가 뭐 보태준 거 있어?"

은휘는 허리춤에 양손을 얹고 두 눈을 부라리며 톡 쏘아붙였다. 아무나 물어뜯고 싶은 심정이었다. 다크서클 아줌마가 기가 막힌 듯 헉, 소리를 냈다. 은휘는 더 이상 그 자리에 머물고 싶지 않았다. 속에서 불이 활활 타올라 견딜 수가 없었다. 땅바닥에 침을 탁, 뱉은 뒤 자리를 떴다. 은휘의 돌발 행동에 우진은 어안이 벙벙해져서 급히 드럼이며 악기를 챙겨 은휘 뒤를 쫓았다.

"어딜 가!"

이 순간만큼은 우진도 도움이 되지 않았다.

은휘는 터덜터덜 걸으며 물속을 들여다보았다. 물고기들이 의외로 많았다. 팔뚝보다 큰 물고기가 새끼들을 데리고 여유롭게 헤엄치는 모습이 눈에 띄었다. 마치 소풍 나온 가족 같았다. 울컥, 속에서 뜨거운 것이 올라왔다.

'나보다 낫네. 여유작작 맘껏 헤엄칠 수 있는 공간도 있고, 가족도 있고. 난 내가 누구인지도 모르겠는데.'

어미 물고기가 은휘를 위로라도 하듯, 폴짝 물 털기를 한 뒤 물속으로 사라졌다.

은휘는 애꿎은 물고기를 향해 앙칼지게 외쳤다.

"나는 누구니? 나는 누굴까?"

물고기들은 대답하기 곤란한지 후다닥 어딘가로 숨어버렸다. 어미 물고기가 새끼들을 품고 도망가는 모습에 콧등이 찡했다.

"은휘야, 같이 가. 웬 걸음이 그렇게 빠르냐. 무슨 일 있어?"

"오빠는 왜 거리를 헤매? 집에 안 들어간 지 꽤 됐지?"

느닷없는 질문에 우진이 우뚝 섰다. 그러곤 은휘를 물끄러미 바라보았다. 밤잠을 잊은 물고기 한 마리가 폴짝, 뛰어올랐다 물속으로 들어갔다.

"갑자기 내 얘기가 왜 궁금해졌는데? 지금까지 한 번도 물어본 적 없잖아."

"오빠, 우린 어떤 사이야?"

"점점 더 이상한 말만 하네. 너 정말 무슨 일 있구나."

말을 마친 우진이 악기 가방을 멘 채 앞서 걸었다.

"말해주기 싫으니까 피하기나 하고……."

은휘가 투덜거려도 우진은 말없이 걷기만 했다. 광화문 가까이 다다르자 우진이 악기 가방을 내려놓고 자리를 잡았다.

"오늘은 여기서 자자!"

"순찰대한테 또 걸리면 어떡해."

"괜찮아, 새벽까지는."

우진은 익숙한 몸짓으로 신문지며 상자를 깔았다. 은휘의 자리는 좀 더 깊숙한 안쪽으로, 자기 자리는 행인들이 다니는 쪽으로.

"나는 고아라고 생각하며 살기로 했어. 그게 편해."

우진이 운동화를 벗고 깔판 위에 앉으며 말했다. 그러곤 은휘의 허리를 부드럽게 감싸 안았다.

콩닥콩닥……. 쿵쿵…….

은휘는 우진이 이럴 때마다 설레면서도 불안했다. 알 수 없는 바람이 가슴에서 일렁이는 걸 우진에게는 내색할 수가 없었다.

"오빠 왜 집을 나왔어? 오빠네 집, 꽤 잘살지 않아?"

은휘가 불쑥 내민 말에 우진이 허리를 감았던 손을 슬그머니 풀었다.

"초등학교 2학년 때 엄마 아빠가 이혼했어. 그 뒤로 아빠를 본 적이 없어. 엄만 새 남자를 만날 때마다 날 짐짝 취급했어. 이번에 만난 남자는 아예 대놓고 말하더라? 내가 귀찮다고. 뭐, 괜찮아. 나도 귀찮으니까. 지금이 좋아."

우진은 자기 이야기를 털어놓다 말고 문득 은휘와 눈을 맞추었다.

"근데 넌 왜 그래? 우리가 처음 만날 때만 해도 너 엄청 발랄했었는데, 요즘 좀 변한 것 같아."

우진을 처음 만난 날. 그때도 지금처럼 햇살이 드높던 한여름이었다. 그때만 해도 이런 일이 벌어지리라곤 생각지 못했다. 다만 학교가 싫고 공부가 적성에 맞지 않았을 뿐이었다.

중학교 3학년이 되자 남들은 온통 진로 문제로 정신이 없는 것 같았지만 은휘는 달랐다. 교실에만 들어가면 숨이 막혔다. 춤을 추면 온몸에 날개가 달린 것처럼 자유로웠다. 은휘는 떠돌이 개처럼 거리를 어슬렁거렸다. 엄마는 그런 은휘의 일탈을 막고자 어떻게든 공부에 흥미를 갖게 해주려 했다. 돈을 빌려서라도 종합반 수강증을 끊어주고 그룹 과외까지 붙여줘 봤지만 헛수고였다.

은휘는 학원의 딱딱한 의자를 박차고 나가 거리에서 춤을 췄다. 은휘에게 거리는 학교였다. 그곳에는 벅찬 자유가 있었다.

홍대 앞은 물론 대학로에도 가끔 진출했다. 대학로는 붐비지도 않고 프로급 뮤지션의 버스킹도 많아 더 끌렸다.

우진은 대학로의 슈퍼스타였다. 우진의 노래와 드럼은 특별했다. 은휘는 우진의 노래에 맞춰 몸을 흔들었다. 박력 넘치는 노랫소리와 드럼에 맞춰 춤을 추면 가슴이 뜨끈해졌다. 여러 사람들에게 둘러싸여 박수를 받을 때는 세상에서 가장 멋진 사람이 되는 기분이었다. 누구 앞에서도 꿀릴 게 없을 것 같은 자신감도 생겼다.

"너 춤추는 걸 보면 비트가 절로 떠올라. 가사도 마구 생각나고."

우진이 은휘의 손을 먼저 잡아주며 한 말이었다.

콩.닥.콩.닥. 콩콩콩…….

가슴속 울림을 맛본 최초의 순간이었다.

"우리 만난 지 벌써 6개월이나 되었네. 난 오빠가 나보다 훨씬 잘난 사람 같아서, 그래서 오빠랑 이렇게까지 될 줄 몰랐거든. 근데 지금 우린 어떤 사이야?"

은휘는 마음이 산란한 만큼 우진의 마음을 읽고 싶었다. 아니, 우진에게 자신이 어떤 존재인지 그 어느 때보다 확실히 듣고 싶었다.

"그렇게 답안지 쓰듯 말해야 해? 무슨 시험 치르는 것도 아니고.”

은휘는 더 이상 말을 이을 수 없었다.

“얼른 눈 붙이자. 순찰대 출동하기 전에 자리 떠야 하니까.”

우진은 말을 마치자마자 잠이 들었다. 은휘는 맥이 탁 풀렸다.

도저히 잠이 오지 않아 물가를 거닐었다. 새벽 공기가 제법 알싸했다. 청계천은 인공 하천인데 물고기들이 사는 걸 보면 신기하다던 우진의 말이 생각났다. 자세히 물밑을 살펴봤지만 물고기는 보이지 않았다. 모두 자러 간 모양이었다.

‘물고기들이 인공 하천에서도 잘 살듯이 나도 엄마 아빠랑 지금처럼 아무렇지 않게 살면 되는 거 아냐?’

은휘는 불현듯 엄마가 보고 싶어 휴대폰을 열었다. 숨어 있던 메시지들이 너도나도 먼저 읽어 달라고 아우성이었다.

– 은휘야, 미안하다. 너를 좀 더 좋은 환경에서 키우지 못해서.

– 아빠 사업이 망하지만 않았어도 너 힘들게 할 일 없었을 텐데. 그게 가장 마음에 걸려.

– 그래도 은휘야, 넌 내 딸이야. 누가 뭐래도 내 딸.

– 돌아와, 은휘야. 제발 돌아만 와줘.

　수십 통에 달하는 메시지의 내용은 한결같았다. 부질없다. 주머니에 휴대폰을 넣는데 밑으로 쑥 빠지고 만다. 주머니 솔기가 뜯어진 것 같았다. 가만히 자신의 몰골을 보니 가관이다.

　그러고 보니 집 나온 지 벌써 한 달째. 상가 화장실에서 세수는 했지만 머리는 제대로 감을 수 없었다. 노숙자처럼 헝클어진 머리를 보니 쓴웃음이 나왔다. 속옷도 제때 갈아입지 못했더니 왠지 벌레가 스멀거리는 것 같다. 지금까지 은휘는 가난했어도 추레하지는 않았다. 아빠가 운영하던 가내 공장이 망한 뒤로, 엄마는 동대문시장에 옷을 대주는 공장에서 일했다. 그러면서도 엄마는 은휘에게 뭐든 최고로 장만해줬다.

　"우리 집은 왜 이렇게 좁아? 엄마는 왜 얼굴에 주름이 많아? 아빠도 그렇고. 연아네 집은 넓고 연아 엄마는 멋쟁이고 걔네 아빠도 멋진데……."

　어릴 때 친구 집에 놀러 갔다 와서 떼를 썼던 일이 떠오른다.

　"엄마는 결혼해서 오랫동안 감기약을 한 번도 먹은 적이 없어. 언제 임신이 될지 모르니까. 근데 이렇게 예쁜 은휘를 주셨으니 얼마나 감사한지 몰라. 너는 우리 집 보배야. 열심히 돈 벌어서 넓은 집으로 이사 갈게."

엄마가 했던 말도 이제야 이해가 되었다.

'아기를 기다리다 못해 날 입양한 거겠지.'

거기까지 생각이 미치자 또 다른 의문이 들었다.

'집도 없고 돈도 없으면서 왜 날 데려다 키운 건데? 혹시 친엄마가 엄마 아빠와 관계있는 사람인가?'

머리가 지끈거렸다. 혹 친모에 대한 말도 있나 싶어 휴대폰을 다시 열었다.

- 내 딸 은휘야, 미안하다. 말하지 못해서. 엄만 두려웠어. 친엄마
  에 대해 말하면 네가 사라질 것 같아서. 그래도 언젠가 말하려
  했다. 절대 끝까지 숨길 생각은 아니었어.

내 딸이라고? 웃겨. 은휘는 엄마가 앞에 있기라도 한 듯 콧방귀를 뀌었다. 그러면서도 엄마에 대한 그리움은 더욱 커져만 갔다. 엄마를 떠올릴 때마다 애증의 높낮이가 수시로 변했다.

고요하던 거리가 서서히 살아나기 시작했다. 쓰레기차들이 움직이고 제복을 입은 아저씨들이 멀리서 보였다. 도망쳐야 하는 시간이다.

은휘가 물가를 떠나 자리로 가니, 우진도 이미 신발을 신고 악기를 챙기고 있었다.

"무슨 일 있는 거 맞네."

"오빠. 나는 내가 아니었어."

"넌 가끔 너무 엉뚱해. 무슨 말인지 모르겠으니까 돌리지 말고 쉽게 말해봐."

"나, 우리 엄마 아빠 딸이 아니래. 친엄마가 따로 있대."

우진의 눈이 커지는 걸 보며 더는 말할 의욕을 잃어 광화문 쪽을 향해 걸었다.

타닥타닥.

두 사람의 발소리만 들렸다. 하루가 시작되는 소리치고는 너무 무거웠다.

"너나 나나 부모가 뭐 그렇게 중요해. 그냥 너는 너대로 살면 되잖아."

우진 특유의 화법이다. 직설적이면서도 제멋대로 내뱉는 말투. 평소에는 이렇게 냉소적인 모습도 멋져 보였지만, 지금은 아니다.

"어제부터 왜 그래? 왜 그렇게 쉽게 말을 해? 남 일이란 거야? 내 기분 전혀 모르겠어서 그래?"

"나도 엄마가 만나는 남자들한테 맨날 거부당하고 쓰레기 취급 받았어. 너야말로 날 모르는 거 아냐?"

심각한 말을 하면서도 아무렇지 않게 은휘의 허리를 잡는 우진이 한심스러웠다.

"오빠한테 난 뭐냐고. 그냥 심심해서 만나는 거야?"

"정말 피곤하다, 너⋯⋯."

"그래, 오빠. 난 피곤하고 존재감도 없는 애야. 그니까 헤어지자고."

은휘는 빽 하고 소리를 지르며 광장을 향해 달렸다. 달리던 차들이 멈추며 손가락질을 해댔다. 우진을 등지고 달리는 은휘의 뒷모습은 물보라를 일으키며 달아나는 물고기 같았다. 우진은 급작스러운 물살에 어찌해야 할지 모르는 듯 멍하니 달리는 은휘를 바라볼 뿐이었다.

새벽 광화문 광장은 신산하다 못해 으스스했다. 낮에 그토록 많은 사람들이 모여 시위하고 떠들던 곳 같지 않았다. 간간이 여기저기 널브러져 있는 노숙자들이 보였다. 은휘는 그들을 볼 때마다 섬뜩했다.

'나도 저렇게 되는 거 아닐까?'

은휘는 혹시 우진이 따라오나 싶어 뒤를 돌아보았다. 지나다니는 행인 몇 외에는 아무도 없다.

가슴에 바람이 일렁였다. 잠을 설쳐서인지 다리마저 휘청거렸다. 은휘는 벤치에 몸을 기댄 채, 눈을 감았다.

24

갑자기 어디선가 티브이 소리가 들렸다. 눈을 떠 소리 나는 쪽을 향해 보니 건너편 신문사에서 틀어놓은 새벽 뉴스였다.

"베이비박스가 설치된 지 10년이 된 올해, 지금까지 총 1500여 명의 아이가 베이비박스에 맡겨졌다는 보도입니다."

'베이비박스?'

은휘는 화면 속으로 빨려 들어갈 듯 몇 발짝 다가갔다. 네모난 상자가 화면 가득 클로즈업 됐다. 이삿짐센터 상자처럼 푸른색 테이프가 붙어 있었다. 곧이어 마이크를 든 기자가 박스 안까지 들여다보았다.

"베이비박스 유기 현황은 2011년 37건에서 2013년 252건으로 급증했고, 그 뒤로도 해마다 200건 내외를 기록하고 있다고 합니다. 매달 17~18명의 아이가 베이비박스에……."

기자는 무슨 큰일이라도 난 듯 과장된 어조로 그 모습을 전했다. 무슨 말을 하는지 도무지 알 수 없었다. 아니 알고 싶지 않았다. '베이비박스'라는 단어에만 온 신경이 곤두섰다. 아기를 담는 상자라는 건 분명했다. 엄마 아빠의 비밀스러운 대화를 엿

들었을 때처럼, 온몸의 피가 거꾸로 도는 것 같았다.

'나도 저렇게 버려진 걸까?'

작은 박스 안에 물건처럼 담긴 자기 모습을 생각하니 헛구역질이 나왔다.

"고작 여기 앉아 있을 거면서. 밥 먹으러 가자. 내가 비상금 털게."

언제 왔는지 우진이 희미하게 웃으며 말했다.

"오디션 얼마 안 남았잖아. 오늘부터 빡쎄게 연습하자. 밥부터 먹고."

"아냐. 난 어디 가볼 데가 있어."

드럼 놓을 자리를 찾느라 분주하던 우진이 의아하다는 듯 은휘를 올려다보았다.

"아침부터 어디를? 왜 자꾸 땡땡이냐?"

우진이 투덜댔다. 아무 소리도 들어오지 않았다. 자기 질문에 대답도 안 해놓고 자꾸 다른 말만 하는 우진에게 속내를 말하고 싶지는 않았다.

"우리, 어떤 사이야?"

은휘는 일부러 또박또박 끊어 말한 뒤, 우진의 얼굴을 뚫어져라 살폈다. 우진은 기가 막힌 듯 한숨을 쉬다가 자기 머리를 흐트러뜨렸다.

은휘는 우진 곁을 떠나 지하철 쪽으로 발걸음을 옮겼다. 하루를 시작하는 사람들의 눈가에는 피로감이 넘쳐났다.

은휘는 휴대폰으로 베이비박스가 설치된 곳을 검색했다. 전화번호는 물론 주소까지 자세히 나와 있었다. 지난밤 잠을 설친 탓에 온몸은 물먹은 솜처럼 무겁지만 정신은 또렷했다.

지하철에서 내려 버스를 갈아타고 목적지에 다다랐다. 동네는 재개발을 하는지 온통 먼지투성이였다. 멀리 방송에서 본 십자가가 보였다. '친엄마'라는 말을 들은 날보다 더 떨렸다.

오랫동안 살아온 창신동과 비슷한 동네라 낯설지 않았다. 허름한 건물 위에 걸린 십자가가 햇살을 받아 빛났다. 헉헉거리며 언덕 위의 교회를 향해 올랐다. 드디어 금방이라도 쓰러질 듯한 교회 건물이 보였다.

은휘는 들고양이처럼 살금살금 교회 안으로 들어섰다. 다행히 아무도 보이지 않았다. 교회 안도 적막만이 감돌았다. '베이비박스'라고 쓴 팻말을 찾아 두리번거렸다.

건물 귀퉁이에 작은 팻말이 보였다. 두둥. 두둥. 우진의 드럼 소리처럼 가슴이 두방망이질을 했다. 숨을 몰아쉬고 박스 곁으로 다가갔다.

갓난아기를 안은 엄마의 사진 위에 나비 모형이 붙어 있었다. 누군가 나비가 되어 아기를 데려가길 바라는 것일까. 아쉽게도

박스 안은 들여다볼 수가 없었다.

'저 작은 상자 안에 어떻게 아기가 들어가지?'

별별 생각이 다 들었다. 자신이 저 상자 안에 누워 있던 아기였을 것만 같았다. 은휘는 멍한 눈길로 주위를 살폈다. 그때 깨알 같은 글씨가 적힌 노란 종이가 눈에 띄었다.

〈베이비박스〉

이 상자는, 아이를 버릴 수밖에 없는 부모와 가슴으로 아이를 키워줄 부모를 연결해주는 다리가 되고자 만든 장소입니다.

아기를 유기하지 말고 아래 손잡이를 당겨 열고 놓아주세요.

글을 읽다 말고, 은휘는 자리에 주저앉았다. 하늘이 노랗고 빙빙 돌았다. 박스 뒤편에는 강보에 아기를 안은 여자가 살포시 미소를 지으며 손을 내밀고 있었다.

– 내 딸 은휘야, 미안하다. 말하지 못해서. 엄만 두려웠어. 친엄마에 대해 말하면 네가 사라질 것 같아서. 그래도 언젠가 말하려 했다. 절대 끝까지 숨길 생각은 아니었어.

엄마의 문자가 가슴에서 활활 타올랐다. 강보에 싸인 갓난아기였던 은휘를 바라보며 울먹였을 엄마의 얼굴이 아련하게 떠올랐다.

– 돌아와, 은휘야.

엄마의 목소리가 들리는 것 같았다. 그래도 집에 돌아가고 싶지는 않았다. 엄마와 아빠를 예전처럼 대할 자신이 없었다. 친엄마가 궁금했다. 자기를 버릴 수밖에 없었던 이유를 듣고 싶었다.

베이비박스를 보면 실타래가 풀릴 줄 알았는데 오히려 더 복잡해졌다. 정신줄을 놓고 있다가 간신히 동대문 상가까지 왔다. 화장실 청소 칸에 몰래 들어가 고꾸라져 죽은 듯 잠을 청했다.

"이 미친 싸가지. 또 여기서 자빠져 자네. 나가. 여기가 안방인 줄 알아? 계집애가 저렇게 몸을 함부로 굴리고 아무 데서나 자고 다니니. 참 말세지, 말세."

청소부 아줌마의 걸진 욕바가지에 잠을 깼다. 기분이 나빴다. 대꾸조차 귀찮아 살며시 밖으로 나왔다.

시나브로 어둠이 내렸다. 동대문의 밤은 휘황찬란했다. 지방에서 옷을 사기 위해 원정 온 사람들로 북적대고, 알록달록 머리를 물들인 피라미들이 신나는 밤을 위해 몰려들었다. 낮과 밤이 전혀 다른 얼굴인 야외무대. 그 무대에서 뮤지션들의 노래와 춤이 현란하게 펼쳐졌다. 매일 보는 광경이지만 늘 새로웠다.

"나타났네. 그럴 줄 알았지."

은휘는 어깨에 와 닿는 익숙한 느낌에 눈을 돌렸다. 우진이 악기 가방을 멘 채, 배시시 웃으며 서 있었다.

"종일 어딜 쏘다녔냐. 우리도 가서 연습하자. 출전 얼마 안 남았어."

자세한 것 캐묻지 않고 아무렇지 않게 대하는 우진이 오히려 편했다. 피곤을 잊을 방법은 춤뿐일 것 같아 무작정 우진의 뒤를 따랐다. 물가에 핀 보랏빛 수선화가 꽃망울을 터트렸다. 더 없이 예뻤다.

'나도 수선화처럼 청초하게 살고 싶었는데……'

은휘는 거리를 배회하는 동안 전에 없던 마음이 생겼다. '이미 깨져버린 몸이 아닐까'라는 상실감. 특히 우진과 밤을 지내고 난 날은 더욱 심했다. 하지만 임신에 대한 공포심은 없었다. '베이비박스'를 본 순간부터는 달랐다. 그러고 보니 생리 때가 한참 지났다. 매달 날짜를 거른 적이 없는데 이번 달은 일주일이 지났는데도 감감무소식이다.

은휘는 우진을 따라 다리 밑에 짐을 푼 뒤 무작정 두드리고 흔들었다. 지나가는 사람들의 눈길도 의식하지 않았다. 우진은 우진대로, 은휘는 은휘대로 마음 가는 대로 노래하고 춤추다 보니 밤이 깊었다. 온몸이 녹초가 되었다. 우진도 지쳤는지 말수가 더 줄었다.

"오늘은 상가 뚫어볼까?"

밤마다 잠잘 곳을 찾아 헤매는 일이 굶는 것보다 힘들었다. 그래도 집에 들어가고 싶지는 않았다. 쉼터라도 찾아볼까 싶었지만 도리질을 친다. 우진과 함께라면 돌바닥에서 자도 상관없었다.

동대문 새벽 상가는 대낮처럼 역동적이다. 불빛도 햇살보다 더 강렬하다. 워낙 많은 사람들이 북적거려 아무 건물이나 들어가 쪼그리고 자도 눈에 잘 띄지 않는다. 우진이 먼저 찾아 들어간 건물 역시 손님들로 북적댔다. 손님들이 쉴 만한 공간을 마련해놓은 상가였다. 좀 더 으슥한 곳을 향해 잠입하듯 들어갔다.

하루치의 잠자리. 고요한 아지트가 눈앞에 펼쳐지는 순간이었다. 조명마저 꺼진 캄캄한 좁은 동굴 속으로 몰래 들어갔다.

간신히 몸을 누이고 잠을 청하는 순간, 우진이 다가왔다. 숨소리가 거칠었다.

달캉달캉. 달캉달캉.

향연의 시작을 알리는 신호다. 은휘는 자기도 모르게 몸을 움츠린다. 가슴 깊은 곳에서 두 마음이 격렬하게 싸웠다.

'거절하면, 우진 오빠가 떠날까? 하지만 그냥 해버리면 임신할지도 모르잖아.'

결국 은휘는 자리에서 벌떡 일어났다.

"안 돼. 이제 우리, 이러면 안 된다고. 책임질 수 있어?"

"너 갑자기 왜 그래? 지금까지 별말 없었으면서. 너도 좋아서 하는 거잖아."

우진의 말이 맞는 것 같기도 하고 틀린 것 같기도 하다. 분명한 건, 지금은 마음이 편치 않다는 것이다.

"됐어. 나 갈래."

상가를 빠져나와 넋을 놓고 달렸다. 끈적거리는 밤공기가 불쾌하게 스쳐 갔다. 집에 가고 싶다. 도리질을 친다. 갈 곳이 없다. 자정이 넘은 서울 거리에서 맘 편히 찾아갈 데가 단 한 곳도 없다. 그저 발길이 닿는 대로 걸었다.

할 수 없이 익숙한 공간으로 숨어들었다. 대학로에서 우진과 밤새 연습하다 늦으면 늘 찾던 아지트다. 작은 몸 하나 누이기 딱 좋은 곳이다. 사위가 조용하다. 순찰 아저씨한테 쫓겨나지 않으려면 공벌레처럼 몸을 돌돌 말아야 한다. 눕긴 했지만 새벽이 되도록 잠이 오지 않았다. 우진의 숨결이 떠올랐다. 다시 우진 곁으로 달려가고 싶다.

'그동안 왜 임신 생각을 못했지? 혹시 내 친엄마도 나처럼 뭣도 모르는 채 나를 낳은 걸까?'

뒤죽박죽 수많은 생각들이 꼬리를 이었다. 부스스한 머리로 조용히 물가로 내려갔다. 불빛에 비친 수선화는 더욱 신비롭다. 부럽다. 한참을 앉아 있다 보니, 여명이 비춰오고 있다. 새벽부터 물안개가 피어오르고 있다. 앞이 보이지 않을 정도로 뿌옇다. 은휘의 마음도 온통 안갯빛이다.

'어디로 가야 할까?'

망망대해. 모두에게 버림받은 것만 같다. 혹시 하는 마음에 휴대폰을 연다. 감감무소식이다.

'이제 엄마 아빠도 날 포기한 걸까. 우진 오빠도 이제 날 찾기 싫어진 걸까.'

며칠간 혼자였다. 우진도 단단히 화가 난 것 같았다. 은휘가 어디 있을지 안 보고도 훤히 알 텐데도, 이쪽으로 찾으러 오지 않는 걸 보면 이대로 은휘와 헤어지려는 것인지도 모른다. 은휘는 외롭지만 우진을 찾아가지는 않았다. 좀 더 견뎌보리라 마음을 다잡았다. 우진이 보고 싶을 때마다 베이비박스 이미지를 떠올렸다.

우진과 헤어진 지 삼 일째 되는 날. 은휘는 홀로 아지트에서 잠을 자다 새벽에 일어나 짐을 꾸리고 있었다. 고요를 뚫고 낯익은 목소리가 들려왔다.

"아, 저기 있네요, 은휘."

우진의 목소리였다. 반가웠다.

"은휘야……."

불빛이 은은히 비치는 다리 위에 낯익은 얼굴, 그러나 왠지 처음 보는 듯한 얼굴이다. 엄마의 양 볼에 물줄기가 마른 자국이 역력했다. 아빠는 퀭한 얼굴로 말없이 은휘를 바라보았다. 10년은 더 늙어 보였다.

"너 자고 있을 때 네 폰 뒤져서 저장해뒀었어."

우진이 엄마 아빠를 데리고 계단을 내려왔다. 우진이 집에 연락을 했을 거라곤 상상조차 하지 못했다.

"돌아가. 넌 기다려주는 엄마도 있고 아빠도 있잖아. 난 아무도 찾아주는 사람이 없어. 그거 은근 되게 비참하다?"

엄마 아빠는 초라한 모습으로 서 있었다. 은휘는 허둥대는 엄마 아빠를 바라보았다. 콧등이 찡했다. 베이비박스 안 포근해 보이던 바구니가 떠올랐다.

미안하기도 하고 억울하기도 하고. 한마디로 표현하기 힘들 만큼 마음이 어지러웠다.

"은휘야. 미안하다. 진즉 말했어야 했는데……."

엄마가 덥석 손을 잡은 뒤 울먹였다. 엄마 뒤에 그림자처럼 서 있던 아빠가 느닷없이 은휘를 껴안았다.

"내가 못나서 널 고생만 시켰어. 널 데려올 때만 해도 세상 부러울 것 없는 공주님으로 키워주려고 했는데. 미안하다. 미안하다."

엄마 아빠가 고해성사하듯 말했다.

"그만해!"

마음과는 달리 말이 퉁명스럽게 나왔다.

"집에 가자. 은휘야……. 집에 갈 거지?"

엄마는 집으로 가자는 말만 반복했다. 집으로 가자. 집에 갈 거지. 집에 가야 해. 그 속에 담긴 엄마의 마음은 충분히 안다. 그러나 선뜻 대답을 할 수가 없었다. 마음속에 아무것도 해결된 게 없었다.

"내게 시간을 좀 줘!"

엄마 아빠가 충혈된 눈으로 은휘를 바라보았다. 마음 한편에서는 엄마 손을 잡고 모른 척, 따르고 싶었다.

"은휘야, 네 친엄마 말이야……."

"됐어요. 엄마."

은휘는 막상 엄마 입에서 친엄마의 정체에 대해 들으려니 겁이 났다. 자신을 버린 여자. 베이비박스든 복지원이든 핏덩어리를 버린 생모 이야기를 들을 준비가 되어 있지 않다는 걸 깨달았다.

"그래. 나중에 다 말해줄게."

아빠는 거친 얼굴에 마른세수를 하곤 주머니를 뒤졌다.

"은휘야, 밥 사 먹어! 그리고 무조건 들어와. 이 몰골이 뭐냐."

아빠는 은휘의 주머니에 돈을 욱여넣어 주곤 다리 위로 올라갔다. 엄마 아빠가 나란히 다리 위에 서 있다.

은휘도 마네킹처럼 서서 엄마 아빠를 쳐다보았다.

새벽녘의 청계천 다리가 유난히 새롭게 보였다. 은휘는 이곳, 다리 밑이 좋았다. 어느 다리 밑이든 아지트를 만들 수 있었다. 이곳에서 노래하고 드럼 치는 우진과 오디션 참가 작전도 짰고, 지쳐 나가떨어질 때까지 연습을 할 수도 있었다. 이 작은 무대는 꿈의 전시장이었다.

학교보다 더 많은 시간을 보냈던 다리, 그 위에 지금은 엄마 아빠가 서 있다. 은휘는 울지 않으려고 눈을 틀어막았다.

"은휘야, 먼저 간다. 꼭 집에 와야 해!"

엄마 아빠가 울음 섞인 말을 외치며 떠났다. 멀리서 지켜보던 우진이 다가왔다. 우진도 며칠 잠을 못 잤는지 눈가가 시커멓다. 꼭 안아주고 싶다.

달캉달캉. 콩콩콩…….

"왜 쓸데없는 짓을 해? 오지랖은."

마음에도 없는 말을 하며 샐쭉한 표정을 짓는 은휘를 보고 우진은 피식 웃었다.

"코나 닦고 말해."

우진은 눈물을 참느라고 새빨개진 은휘의 코끝을 툭 쳤다.

"너 나랑 무슨 사이냐고 물었지?"

말없이 고개를 끄덕이는 은휘를 바라보며, 우진은 잠시 생각에 잠기는 듯했다. 그러다 꺼낸 말은 의외였다.

"그럼 난 너한테 뭐야?"

은휘는 답할 말을 찾지 못했다. 엄마에게도 아빠에게도 버려진 채 혼자 떠도는 우진에게 나는 어떤 사람이 되어야 하는 거지?

"난 널 보면 자꾸 뭐라도 되고 싶어."

"무슨 말이야, 그게?"

어리둥절한 얼굴로 우진을 바라보는 은휘의 눈에 대고, 우진이 바보같이 웃었다.

"모르겠어, 나도."

우진도 모르겠다는 우진의 마음을, 은휘는 조금 알 것 같았다. 베이비박스에 버려진 채 누군가 데려가주길 기다리는 아이 같은 마음 아닐까.

"은휘야, 근데 나도 좀 생각할 게 생겼어."

"뭔데?"

"네가 뭘 고민하는지 나도 알아. 너랑 오래 만나려면 나도 뭔가 준비를 해야 할 것 같아. 계속 아무 데서나 잘 순 없잖아. 내가 봐도 내가 좀 한심해서."

의외로 담백한 이유였다. 짐짓 심각한 척 말해놓고 해맑게 웃어 보이는 우진을 보면서 그동안 뭉쳐 있던 마음이 스르르 풀리는 것 같았다.

"그래서 말인데, 우리 잠깐 떨어져 있을까?"

"오디션은?"

"다음으로 미루자. 네가 준비가 됐을 때, 그때 불러. 언제든 돌아올게."

우진은 이 말을 남긴 채 빠른 걸음으로 사라졌다. 은휘는 새벽바람을 뚫고 돌아가는 우진의 뒷모습을 바라보느라 한참을 그 자리에 서 있었다.

뭉클. 느낌이 이상해 상가 건물 안에 있는 화장실에 들어가 속옷을 살폈다. 가슴 졸이며 기다리던 핏빛이 스며 있었다.

화장실에서 나온 은휘는 청계천 물가를 걸으며 들꽃들과 눈을 마주쳤다. 졸고 있던 수선화가 새벽바람에 흔들리는 모습이 앙증맞았다.

종이 가면

·

데이트 폭력

지난밤 잠이 안 와 새벽에야 잠이 들었다. 창문으로 들어온 햇빛이 방의 절반이나 덮은 것도 모른 채, 늦잠을 잤다. 휴대폰이 울리지 않았으면 정오까지 잤을 것이다. 벨 소리가 집요하게 울렸다. 미지는 잠이 덜 깬 목소리로 전화를 받았다. 아빠는 대뜸 소리부터 질렀다. 미지는 귀에서 폰을 최대한 멀리 뗀 채 아빠의 잔소리를 들었다.

"늦잠 자니? 아침 거르지 말고 밥 먹어. 공부도 알아서 하고. 아빠는 아직 일이 덜 끝나서 일주일은 더 있어야 할 것 같은데, 넌 네 앞가림도 못 하니 어쩌냐."

"내가 어린앤가. 걱정 마세요."

미지는 아빠를 달래듯 조용히 말한 뒤, 전화를 끊었다. 그러고선 혹시나 하는 마음으로 다시 휴대폰을 살폈다. 아무런 흔적이 없었다.

미지는 마음이 심란해져 밖으로 나왔다. 집 근처에 제법 숲이 울창한 공원이 있어 다행이다. 일요일이라 미지 말고도 운동하러 나온 사람이 꽤 눈에 띄었다. 사람들이 복작거리는 데에서 운동하면 덜 외롭다. 같이 돌던 사람들이 집으로 들어간 뒤에도 미지는 혼자 공원을 어슬렁거렸다. 아무도 없는 집에 들어가기 싫었다. 몇 바퀴 더 돈 뒤, 벤치에 앉았다.

제법 쌀쌀한 바람에 한기가 느껴진다. 발 앞에서 낙엽이 제멋대로 뒹군다. 얼마 전만 해도 황홀할 만큼 찬란했던 단풍의 추락이 놀랍다. 느닷없이 변하는 이한을 볼 때처럼 씁쓸했다.

이한은 준수한 외모 못지않게 매너도 좋고 사려 깊은 편이다. 그러나 벌컥 짜증을 내거나 고함을 칠 때면 완전 딴 사람 같다. 그럴 때마다 미지는 혼란스럽다.

지난 토요일에도 그랬다. 시내에서 만나 영화를 볼 때만 해도 좋았다. 어렸을 때 본 영화를 리메이크한 것이라 다정한 느낌도 들었고, 이한이 잡은 손에 힘을 줄 때는 황홀하기까지 했다.

'꿈만 같아. 극장 데이트라니.'

초콜릿을 문 것처럼 달달한 기분은 영원할 것 같았다. 영화가 끝나자마자 사람들이 썰물처럼 밀려 나갔다. 이한과 미지도 맛집을 찾아 거리로 나섰다. 유난히 번잡스러운 길에서 옆에 걷던 남자와 살짝 부딪쳤다. 남자가 미안하다는 뜻으로 까딱 눈인사를 했다. 그뿐이었다.

"뭔데 쳐다봐."

나지막한 소리였지만 적의를 가득 품은 말이었다. 이한의 말에 남자는 당황한 듯 급히 사람들 속으로 들어갔다.

"부딪혔다고 사과한 거잖아. 왜 그래……."

미지는 가끔 이렇게 예민하게 구는 이한을 보면 어떻게 해야 할지 몰랐다. 평소 같지 않은 모습이 낯설기도 하고 혹시 싸움이라도 날까 조마조마하기도 했다.

"너 저 남자 알아?"

"모르는 사람인데, 왜?"

인파 속으로 사라진 남자의 뒤통수를 째려보던 이한의 눈빛은 이제 미지를 향하고 있었다. 신경질이 잔뜩 묻어 있는 눈이었다.

"저 새끼 아냐고."

"아니, 몰라. 근데 갑자기 왜 욕을 해?"

"모르는 남자 편을 왜 들어. 내가 괜히 그러는 줄 알아? 저 새끼가 네 다리 계속 흘끔거렸다고. 몰랐어?"

미지는 누군가 자기 다리를 쳐다보는 건 느끼지 못했다. 만약 그랬다면 이한이 이렇게 화를 내는 것도 이유가 없는 건 아니었다. 그렇게 이해하고 싶었다. 하지만 누가 보더라도 그건 억지였다. 미지는 문득 숨이 턱 막혀왔다.

"누가 내 다릴 봤다고 그래. 네가 착각한 거겠지. 여기서 이러지 말고 빨리 가자."

지나던 사람들이 미지와 이한을 힐끔거리고 있었다. 수군대기도 하고 연인끼리 귓속말을 하기도 했다. 빨리 이 자리를 피하고 싶었다.

"너 혹시 기분 좋냐?"

"어?"

"남자들 시선 끄는 거 즐기는 거냐고."

기가 막혔다. 말문이 막힌 미지 앞에 이한은 더한 말을 내뱉었다.

"그러니까 그렇게 짧은 치마 입고 나온 거지. 안 그래?"

더는 대꾸할 필요도 느끼지 못했다. 설레던 기분도 완전히 잡치고 말았다.

"나, 집에 갈래."

"무슨 소리야, 그게?"

뒤돌아 가려는 미지의 손목을 이한이 낚아챘다.

"이거 봐. 나 집에 가고 싶어."

꽉 잡힌 손목을 비틀어 빼려고 하자, 이한은 손아귀에 더욱 힘을 줬다.

"오늘 100일이잖아. 같이 영화 보고 밥 먹고, 우리 집에 가기로 했잖아. 약속했던 것 잊었어?"

미지는 울컥 목젖이 아렸다. 이날을 얼마나 손꼽아 기다렸는지 모른다. 좀 전까지만 해도 날아갈 듯 기뻤는데……. 특별한 날 더 예쁘게 보이려고, 그러려고 치마도 새로 사 입고 나온 건데. 별것도 아닌 일로 이렇게 다투게 된 게 속상했다. 그냥 넘어가도 될 걸 괜히 트집을 잡았나 싶으면서도 정작 진짜 괜한 트집을 잡은 건 이한이라는 생각에 원망스럽기도 했다.

"내가 나중에 연락할게. 오늘은 그냥 가자."

미지는 온몸에 힘이 쭉 빠졌다. 미지가 더는 팔을 빼려고 하지 않아서인지, 아니면 두 눈 가득 아롱거리는 눈물에 놀라서인지, 이한은 순순히 잡은 손목을 놓아주었다.

"아, 미안해. 내가 좀 심했지? 집에 가고 싶으면 데려다줄까?"

"됐어."

그렇게 총총히 지하차도를 향해 빠른 걸음으로 걷는 동안, 마음으로는 여러 번 뒤를 돌아봤다. 혹시 쫓아오지 않을까? 이한이 쫓아올까 봐 겁나기도 했지만, 쫓아오지 않는 게 섭섭하기도 했다.

이한은 어떤 아이일까. 어쩌면 생각했던 것처럼 좋은 애가 아닐지도 모른다. 특히 '뭔데 쳐다봐?'라면서 낯선 사람을 살벌하게 노려보던 그 눈빛이 등골 서늘하게 맴돌았다.

이런저런 생각을 하느라 며칠째 잠을 설쳤다. 어디서부터 잘못된 건지 감이 잡히지 않았다.

'이렇게 끝나는 걸까? 이한이랑 사귄다고 했을 때 애들이 엄청 부러워했는데. 100일 날 깨졌다고 하면 다들 비웃겠지?'

너처럼 평범한 애가 어떻게 그런 애를 사귈 수 있는 거냐고, 부러운 척하면서 은근히 비교질하던 친구들 얼굴이 떠올랐다. 헤어졌다고 하면 '그럴 줄 알았다.'라면서 히죽거릴지도 모른다. 미지는 좀만 더 참을 걸 그랬나, 옅은 후회가 밀려왔다.

꼬르륵. 배에서 자꾸만 신호를 보냈다. 실은 어제저녁부터 굶었다. 아빠의 걱정스러운 목소리가 귓가에 들려오는 것 같았다. 어서 집으로 돌아가야겠다는 생각에 의자에서 일어났다.

낡은 연립 주택이지만 대문만은 파란색으로 산뜻하게 칠해놓은 집으로 들어선다. 집으로 들어가려다 주인집 아줌마와 눈이 마주쳤다.

"밥 잘 챙겨 먹어. 혼자 있다고 굶지 말고. 아빠가 지방 내려가며 너 좀 챙기라고 신신당부했어. 찌개 좀 줄까?"

"지난번에 주신 반찬 아직 남았어요."

주인집 아줌마는 지난해에 엄마가 유방암으로 돌아가신 뒤로 부쩍 미지를 챙긴다. 아빠가 지방 현장 근무를 떠나면 마치 엄마라도 된 듯 더한다. 미지는 아줌마의 관심이 부담스러웠다.

"근데 왜 그렇게 얼굴이 수척해? 어디 아파?"

"괜찮아요."

미지는 입안을 맴도는 '그만하세요.'라는 말 대신, 공손하게 인사한 뒤 겨우 집 안에 발을 들인다. 아무도 없는 방은 찬 공기로 가득하다. 미지의 가슴에도 바람이 일렁인다.

가족사진 속 엄마와 눈을 마주친다. 엄마가 아무리 웃고 있어도 미지의 마음은 외롭기만 하다. 문득 이한의 목소리가 듣고 싶어 폰을 들여다본다. 하지만 먼저 연락할 생각은 없다. 카톡 창에 새로 들어온 메시지가 없다는 걸 확인하자 미지는 기분이 급속도로 가라앉았다. 먼저 도망을 친 건 자신이지만 연락이 없는 이한이 야속했다.

띠링, 띠링.

마음에 안개가 낀 듯 갑갑해하던 차에 신호가 왔다. 이한이었다. 메시지를 열어보기 전, 가슴부터 뛴다.

– 며칠 동안 한숨도 못 잤어. 나한테 실망했지? 다른 남자가 널 쳐
　다보는 게 싫었어. 갑자기 화내서 미안해. 일단 만나서 이야기하
　자. 너희 동네에 와 있어. 지금.

　그동안의 고민이 순식간에 날아가는 느낌이었다. 문자 한 통
에 이렇게 가슴이 뛰다니, 미지는 자신이 이한을 많이 좋아한다
는 걸 새삼 깨닫는다.
　'토요일은 이한이가 실수한 걸 거야.'
　억지로라도 그렇게 믿고 싶었다. 미지는 옷장 문을 열었다.
엄마가 마지막으로 사준 원피스가 눈에 띄자, 울컥 목이 멨다.

– '나무 카페' 알지? 기다릴게. 꼭 나와줘.

　미지가 옷을 갈아입는 사이, 이한의 문자가 또 왔다. 마음이
급했다.
　미지는 옷매무시를 가다듬은 뒤, 엄마가 남기고 간 향수를 뿌
렸다. 이한이 좋아하는 아카시아 향이다. 이렇게 꾸미고 나니
100일 날 다투기 전으로 돌아간 기분이었다.
　상기된 얼굴로 카페에 들어섰다. 석고처럼 앉아 문밖을 바라
보던 이한과 눈이 마주쳤다. 미지는 자리에 우뚝 서고 말았다.

이한을 처음 만나던 날의 눈빛이 떠올라서였다.

"미지야. 엄마는 네가 성당에 나가는 게 소원이야. 사람은 배신해도 하나님은 끝까지 널 지켜주시거든. 네가 성당에 나가야 엄마 마음이 편할 것 같아."

미지는 방사선 치료를 받으며 고생하던 엄마의 간청에 못 이겨 성당에 나갔다. 고등부 미사가 끝난 뒤, 조별 활동 시간에 같은 팀에 속한 이한을 처음 보았다. 이한은 훤칠한 키에 조각해 놓은 듯한 이목구비로 시선을 끄는 아이였다. 하지만 미지는 이한의 잘생긴 외모보다 맑고도 깊은 눈빛이 인상적이었다. 왠지 하염없이 이야기를 들어주어야 할 것 같은 눈빛이었다. 알고 보니 이한도 미지를 처음 본 날 눈빛에 끌렸다고 했다. 그 말을 주고받으면서는 서로 놀랐다.

"네 눈 속에는 많은 이야기가 담긴 것 같았어. 그 얘기를 듣고 싶어서 용기 냈어."

미지는 이한에게 이 말을 듣는 순간, 심장 박동 소리가 자기 귀에 들릴 정도로 가슴이 뛰었다. 지금도 그때처럼 가슴이 울렁거렸다.

"답이 없어서 안 나오는 줄 알았어. 나와줘서 고마워. 네 얼굴 보니 살 것 같다."

이한은 문 앞에 서 있는 미지 곁으로 직진해 다가왔다. 금방이라도 울 것 같은 눈빛으로 환하게 웃는 이한을 보자, 미지는 금세 뭉클해졌다.

"미안해. 많이 놀랐지? 욱하는 맘에 나도 모르게. 정말 미안해."

이한이 간절한 눈빛으로 용서를 빌었다. 미지는 이한도 자길 정말 좋아한다는 확신이 들었다. 며칠 마음 끓이며 이한을 의심했던 것이 미안했다.

"나도 미안해, 괜히 예민하게 굴어서. 100일 기념도 나 땜에 망치고……. 기분 나빴지?"

미지가 사과하자 이한은 세상을 다 얻은 아이처럼 환한 얼굴이 되었다.

"그럼 그날 일은 없던 거로 해주는 거지? 이번 주 토요일엔 꼭 우리 집에서 놀자. 엄마도 주말엔 아빠한테 가신다니까, 우리끼리만 있을 수 있어."

이한은 말을 끝내자마자 미지를 이끌고 카페를 나와 골목 안으로 들어섰다. 이한의 거친 입술이 미지의 입술을 가린 것은 순간이었다. 미지는 느닷없는 기습에 설레면서도 당혹스러웠다. 눈을 동그랗게 뜬 채 이한을 뚫어지게 바라보자 이한은 그제야 허둥지둥 어쩔 줄을 몰랐다.

"아 미안. 기분 나빴어?"

"아니, 그냥 너무 놀라서……."

미지는 이한을 무안하게 하고 싶지 않아 일부러 환하게 웃어 보였다. 솔직히 기분이 나쁘지는 않았다. 물론 상상했던 첫 키스와는 달랐지만.

"이번 주 토요일이 빨리 왔으면 좋겠다!"

"나도……."

이한의 초조했던 얼굴이 금방 부챗살 펴지듯 피어났다.

"뭐 물어봐도 돼? 우리 이 정도 스킨십은 괜찮은 거지?"

이한의 질문에 미지는 할 말을 찾지 못해 멍하니 서 있었다.

"너무 바보 같은 질문이었나? 아무튼. 그럼 토요일에 만나자."

집으로 돌아가는 이한의 뒷모습을 미지는 한참 동안 바라보았다. 구름 뒤에 숨은 햇살이 얼굴을 내밀 듯, 헤어질지도 모른다는 불안감이 사라져 기뻤다. 이한은 엄마의 빈자리를 채워주는 유일한 존재라 더욱 그랬다.

토요일은 더딘 시간을 뚫고 눈 깜짝할 사이에 다가왔다. 둘은 다시 시내에서 만났다. 맛집으로 소문난 파스타 집에 가서 그날 하지 못했던 100일 기념 축하를 했다.

"이제 우리 집에 가서 놀자. 우리 엄마 어제 일 마치고 아빠한테 가셨어. 아빠가 꼭 내려오라고 하셔서."

"아무도 없는 집에 가도 될까?"

미지가 걱정스러운 표정으로 물었다.

"왜? 넌 나랑 둘이 있는 거 싫어?"

이한이 정색하고 묻자 미지는 말문이 막혔다. 망설이는 미지의 마음을 아는지 모르는지 이한은 아무렇지 않게 미지의 손을 잡고 버스에 올랐다. 시내를 한 바퀴 도는 코스인지 꽤 시간이 지나고 나서야 목적지인 종점에 다다랐다.

후드득, 후드득.

아침부터 검은 구름이 내려앉더니 급기야 비가 내렸다. 창문에 부딪히는 빗방울이 차갑게 느껴졌다. 겨울을 재촉하는 비 같아 마음마저 스산했다.

"이제 다 왔어. 완전 멀지? 비까지 내리네. 분위기 살려주려나 봐."

왠지 불안한 미지의 마음과는 달리 이한은 소풍 나온 아이처럼 들떠 보였다. 버스에서 내려 주위를 살폈다. 바로 눈앞에 산도 있고 냇가도 있었다. 서울 한복판에 이런 곳이 있다는 게 신기했다. 미지는 자기가 사는 허름한 동네와 비교하며 주위를 살폈다.

"여기는 서울 같지 않네. 산도 있고 냇가에 물도 흐르고……. 완전 전원 풍경 같다."

푸른 소나무에 빗줄기가 내려앉는 것을 보며 미지가 부럽다는 투로 말했다.

"여기서는 학교도 가깝고 엄마 병원도 가깝고. 또 아빠가 조용한 곳을 좋아해서. 고등학교 입학하면서 아파트에서 이리로 옮겼어."

이한은 점퍼를 벗어 미지에게 입힌 뒤 부지런히 언덕을 올랐다. 미지는 모처럼 차려입은 원피스가 비에 홀딱 젖을까 뛰다시피 이한을 바싹 뒤쫓았다.

이한이 파란 대문 앞에 섰다. 코발트 색 이층 양옥이었다. 동네 전체가 영화 속에 나오는 마을처럼 단아하면서도 고급스러운 집들로 가득했다. 미지는 이한이 자신과 다른 환경에 살 것이라는 것은 짐작했지만, 눈앞에 보이는 풍경은 예상했던 것 이상이었다. 왠지 주눅이 들었다.

삐익, 철컥.

대문 여는 소리조차 웅장했다. 꽤 넓은 마당이 있는 집이었다. 푸른빛을 맘껏 자랑하는 소나무가 있고 매실나무도 있고 꽃나무들이 정원을 빛내주고 있었다. 나뭇가지 위로 빗방울이 떨어지는 모습이 신선했다. 마당 전체에 깔린 푸르른 잔디도 고풍스러웠다.

"얼른 들어와. 옷 다 젖잖아!"

"응. 근데……. 아무도 없는데……. 들어가도 될까?"

미지는 아무래도 부모님이 안 계신 집에 온 것이 마음에 걸렸다. 지금이라도 대문을 열고 나가야 할 것만 같았다. 하지만 한편으로는 이한과 단둘이 보낼 시간이 기대되기도 했다.

"왜 이래, 바보처럼. 우리 집인데 꼭 도둑질하러 몰래 들어온 것 같잖아."

이한이 웃으면서 하는 말에 미지는 거실로 들어섰다.

"여기 수건. 일단 머리만이라도 닦아."

이한이 건넨 수건으로 대충 빗물을 닦다 말고 미지는 깜짝 놀랐다. 거실에는 장식장이나 티브이는 물론 흔한 가족사진조차 없었다. 넓은 공간 전체가 종이로 만든 꽃들로 가득 차 있었다. 백합, 칸나, 장미, 민들레 등 흔히 볼 수 있는 꽃부터 전혀 본 적 없는, 색이며 모양이 특이한 꽃들이 많았다. 한결같이 생화가 아닌 조화였다. 생명이 없는 꽃처럼 집 안 분위기 역시 가라앉은 듯 무거웠다. 미지는 기분이 묘했지만 내색은 하지 않았다.

"왜 넋 나간 사람처럼 서 있어?"

이한이 멍하니 서 있는 미지를 바라보며 물었다.

"왜 이렇게 조화가 많아? 생화는 하나도 없네."

미지는 조심스럽게 물었다. 이한의 얼굴에 먹구름이 드리워지는 걸 눈치챘지만 어쩔 수 없었다.

"우리 엄마 취미야. 왜? 이상해?"

"아, 아니야. 그냥 좀 특이해서."

"옷 많이 젖었지? 내 옷이라도 줄까?"

이한이 다정하게 물었다. 미지는 낯선 집에서 옷을 벗어야 한다는 게 내키지 않아 고개를 저었다.

"그럼 2층에 올라가자!"

이한을 따라 복식 계단을 오르다 말고 미지는 거실을 내려다보았다. 조화로 가득한 꽃무덤 위에 서 있는 것 같았다. 창문에 부딪히는 빗소리마저 괴괴하게 들렸다.

"여기가 내 방이야."

이한의 방은 생각보다 크거나 화려하지 않았다. 거실과는 다르게 오밀조밀 사진이며 그림을 붙여놓은 모습이 친밀하게 느껴졌다.

"방이 단출하지? 이래 봬도 내 유일한 안식처야."

이한의 젖은 목소리가 왠지 슬퍼 보였다. 미지는 달리 할 말이 없어 무심히 사진을 들여다보았다. 사진 속, 피아노를 치고 있는 어린 이한은 귀여웠다. 이한의 방에도 역시 가족사진은 없었다.

미지는 눈을 돌려 반대쪽 벽 사진을 살피다 얼굴이 굳었다. 이한의 고등학교 입학식 사진 같은데, 옆에 있는 엄마의 모습이 남달랐다. 생머리에 날렵한 몸매지만 핏기가 전혀 없는 피부에 꼭 다문 입술이 유령처럼 보였다. 이한의 어깨에 살짝 손을 얹기는 했지만, 감정이 전혀 없어 보였다. 미지는 거실에 널린 종이꽃과 이한 엄마의 이미지가 닮았다는 느낌이 들었다.

"이분이 어머님이셔? 굉장히 독특한 분위기이시네."

미지는 궁금증을 참지 못하고 물었다.

"뭐가?"

이한이 노트북에서 영화를 찾다 말고 뒤를 돌아보았다. 이한의 얼굴에 살짝 짜증이 묻어났다. 미지는 괜한 질문을 했나 싶어 입을 꾹 다물었다.

"우리 영화 보면서 간식 먹자. 내가 미리 준비해놓았어."

이한은 애써 목소리 톤을 높이며, 아래층으로 내려갔다. 금방 올라온 이한의 손에는 치즈며 양파링, 사과가 예쁘게 담긴 쟁반이 들려 있었다. 거기에 와인 한 병까지. 미지는 놀랐지만 내색하지 않았다.

"난 〈겨울 왕국〉 좋아하는데, 너는?"

이한이 찾아놓은 영화는 의외였다. 〈어벤져스〉 같은 액션 영화나 여자 친구와 함께 볼 만한 로맨틱 코미디를 고를 줄 알았는데, 어린애들이 좋아할 법한 애니메이션이라니.

"나는 〈겨울 왕국〉 보면 마음이 푸근해져. 음악도 좋고……."

이한이 자연스럽게 미지의 등을 어루만지며 조용조용 말했다. 젖은 등으로 느껴지는 이한의 손길이 불안했지만, 미지는 태연한 척 화면에 눈을 고정했다.

"우리 와인 마시자!"

미지는 영화 속 캐릭터처럼 말하는 이한이 낯설었다. 점점 더 거세게 쏟아지는 빗줄기가 요란스레 창문을 두들겼다. 빗소리와 함께 어둠이 순식간에 내려와 앉았다. 깊고 넓은 성 안에 갇힌 듯 큰 집에 이한과 단둘이 있는 게 영 마음에 걸렸다.

"난 와인 안 먹어봤는데……."

미지는 밖으로 나가자는 말을 하고 싶어 와인을 거절했다.

"와인이 별건가? 그냥 마시면 돼."

이한이 제법 어른 흉내를 내며 와인을 한 모금 마신 뒤 미지에게도 권했다. 맑은 유리잔 속 붉은빛을 보자 떨렸다. 미지가 잔을 든 채 멍하니 있자 이한이 와인 잔을 미지의 입술에 갖다 댔다.

"마셔봐. 기분이 좋아질 거야."

이한은 연거푸 두 잔을 따라 마셨다. 왠지 맞지 않는 배역을 맡은 배우를 보는 느낌이었다.

"그러다 취하면 어쩌려고 그래."

"취하는 게 뭐. 너도 취하면 되지. 안 그래?"

와인의 힘을 빌려선지 이한은 점점 더 대담해졌다. 눈빛도 달라졌다. 미지가 공벌레처럼 몸을 사리자, 이한은 미지를 억세게 잡아당겼다.

"하, 정말 예쁘다. 너 원피스 입은 거 완전……."

이한의 혼잣말에 미지는 몸이 굳었다. 성당에서 만났던, 슬픈 눈을 하고 있던 그 이한이 맞는지, 전혀 딴 사람 같은 모습에 지난번 극장 앞에서 느꼈던 그 싸한 느낌이 심장을 파고들었다.

"잠깐만, 읍."

미지가 필사적으로 도리질을 치자 이한은 미지의 입술에 자기 입술을 뭉개듯 가져다 댔다. 그러곤 미지의 뒷덜미를 잡아채 침대로 던지듯 밀었다. 금세 미지 옆으로 다가온 이한은 미지의 치맛자락을 끌어 올렸다. 바둥대도 소용없었다.

홀러덩, 원피스가 벗겨진 건 순간이었다. 미지는 속옷 차림으로 이한을 보는 게 수치스러웠다. 재빨리 손을 뻗어 침대보로 온몸을 둘둘 말았다.

"안 돼. 이러지 마. 나 아직 준비가 안 됐어."

실제로 그랬다. 미지는 이한을 좋아하지만, 어른 흉내를 내고 싶지는 않았다. 더군다나 이런 식으로는 정말 싫었다. 이한이 거칠게 침대보를 빼앗아 바닥으로 팽개쳤다.

"하지 마. 정말 안 돼."

미지는 돌덩이처럼 단단한 이한의 가슴을 밀쳐 버렸다.

"야! 내숭 좀 작작 떨어!"

이한이 충혈된 눈으로 미지를 노려보았다. 미지가 잽싸게 옷을 입으려는 순간, 이한이 미지의 양 볼을 사정없이 후려쳤다.

철썩, 철썩.

뺨을 내갈기는 소리가 귀청이 얼얼할 정도로 컸다. 아픈 줄도 몰랐다. 미지는 어서 이곳을 빠져나가야겠다는 생각뿐이었다.

"누구 약 올려? 너도 나 좋아한다며. 아니야? 왜 날 바보 만드는 건데, 쌍년이!"

때리는 것만으로도 분이 안 풀린다는 듯, 이한은 씩씩대며 욕을 퍼부었다.

성난 짐승처럼 돌변한 이한을 보자, 미지는 두려웠다. 비상구를 찾아 두리번거렸다. 이한이 자기 머리를 쥐어뜯듯이 감싸고 있는 동안, 얼른 원피스를 꿰입고 방문을 박차고 나섰다.

"못 가!"

거실로 쫓아 내려와 달려드는 이한을 밀치고 미친 듯 대문을 향해 달렸다. 밖으로 나와 보니 땅거미가 지고 있었다. 이한이 쫓아 나올까 두려워 어딘지도 모를 골목길로 몸을 숨겼다.

원피스가 비에 젖어 몰골이 말이 아니었다. 왠지 엄마에게 미안하기도 하고 비참하기도 했다.

'엄마…… 지금 내 모습 보고 있어?'

미로와 같은 골목을 빠져나와 버스 정거장을 찾았다. 빗물에 섞여 흐르는 눈물을 닦을 생각조차 못하고 무작정 달렸다. 다행히 금방 시내로 나가는 버스가 도착했다.

'꿈을 꾸고 있는 걸 거야. 지독한 꿈.'

옷이 젖어 의자에 앉지도 못한 채, 미지는 속으로 중얼거렸다.

⁓⁓⁂

이한은 도망치듯 달려나가는 미지를 보는 순간 정신이 들었다. 자기 모습이 괴물처럼 느껴졌다. 방으로 돌아와 멍하니 앉아 천장을 바라보았다. 절로 한숨이 나왔다. 더는 미지를 만날 수 없을 것 같은 예감이 들었다. 바닷가에서 잔뜩 집은 모래가 손가락 사이로 솔솔 빠져나갈 때처럼 허허로웠다.

어지럽혀진 방 안을 보자 현기증이 났다. 이한은 대충 방을 치운 뒤 와인 병과 그릇을 들고 다시 거실로 내려왔다.

사방에 널린 종이꽃을 보고 의아해하던 미지의 얼굴이 떠올랐다. 이한은 백합꽃 다발을 집어 들어 거실에 내팽개쳤다.

지방대학 교수인 아빠가 다녀가고 나면, 엄마는 늘 혼이 나간 사람처럼 앉아 종이꽃을 만들곤 했다. 그럴 때마다 이한은 진저리가 쳐졌다.

"아빠랑 왜 맨날 싸워?"

이한의 말에 엄마는 말없이 종이꽃만 만들었다. 어릴 때는 엄마의 독특한 취미인 줄 알았다. 그러나 철이 들면서부터는 본능적으로 이유를 알 수 있었다. 대책 없는 원인을 알게 된 것은 더욱 큰 고통이었지만 말이다.

직면하고 싶지 않았던 현장을 목격한 그날. 그날도 주말이었고 아빠는 바쁜지 한 달 만에 집에 왔다. 대학병원 수간호사인 엄마는 삼교대 근무를 마치고 파김치가 되어 들어왔다. 원래 몸이 약한 엄마는 평소처럼 들어오자마자 침실로 향했다. 이한은 혼자 저녁을 챙겨 먹던 아빠가 내내 말이 없기에 조용히 넘어가는 줄 알았다. 너무 고요해서 불안했지만 과제를 하다 보니 자정이 넘었다. 그때 아래층 안방에서 요란한 소리가 들려오기 시작했다.

'또 시작인가 보네.'

평소와 같은 싸움. 이한은 언제나처럼 침묵을 지키는 것만이 자신의 몫이라고 생각했다.

"아악!"

불을 끄고 자리에 누웠는데 엄마의 비명이 들렸다. 예사롭지 않게 날카로운 소리였다. 가만히 누워 있을 수가 없었다. 발소리를 줄여 아래층으로 내려갔다.

"왜 늘 강제로……. 당신 내키는 대로만 하려는 거예요. 말했잖아요. 오늘 힘든 환자가 많아서 쓰러지기 직전이라고요. 내 기분 따윈 상관 없단 거예요?"

아빠 말이라면 어지간해선 다 듣는 엄마가 저렇게까지 항변하는 걸 보면 심각한 지경인 듯싶었다.

"뭐? 강제로? 당신이 날 이 지경으로 만들었잖아!"

아빠의 고함과 함께 들려오는 끔찍한 소리에 이한은 귀를 막았다.

철썩, 철썩.

방문 틈으로 보이는 아빠는 미친 사람 같았다. 노예를 길들이는 주인처럼 엄마에게 매질하는 아빠를 보는 순간, 달려들어 죽이고 싶었다. 그러나 두려움에 한 발짝도 뗄 수 없었다. 더욱 기가 막힌 것은 처참하게 맞고만 있는 엄마였다. 엄마는 금방이라도 부서질 것 같았다.

"그러게 왜 날 화나게 해? 난 내내 당신 생각만 하는데……. 당신은 늘 나를 거부하잖아. 이러면 나도 가슴이 아프다고. 왜 맞을 짓을 해서 꼭 이 상황을 만들어. 모르겠어? 나 당신 정말 사랑해. 말로 표현할 수 없을 만큼 많이 사랑한다고. 내가. 당신을……."

흉폭한 짓을 마친 아빠는 거친 숨을 몰아쉬며 머리를 감싸고 있는 엄마를 달래느라 애를 썼다. 그 모습 또한 연극의 한 장면 같았다. 두려움이 혐오로 변하는 건 순간이었다.

'짐승 같은 아빠도 역겹고, 바보처럼 맞고만 있는 엄마도 싫어.'

그동안 이한은 엄마 아빠가 싸울 때마다 귀를 틀어막고 입을 가린 채 울음을 삼키곤 했다. 이렇게 가까이 가서 들여다본 건 처음이었다. 방에 돌아와서도 아빠의 괴물 같은 모습이 눈앞에 아른거려 잠을 잘 수 없었다. 이날 비로소 괴물의 실체를 정면으로 바라본 것 같았다.

특이한 건 밤새 엄마를 괴롭히던 아빠가 다음 날 아침이면 엄마 눈치를 보느라 전전긍긍한다는 점이었다. 집 안 청소며 빨래는 물론, 종이꽃 위의 먼지까지 깔끔히 털어냈다.

그날 아침도 마찬가지였다. 세상 더없이 자상한 남편 역할을 하는 아빠를 보니 간밤의 일이 마치 꿈인 듯 느껴졌다.

아빠는 금요일 밤에 올라와 월요일 새벽 첫차를 타고 내려가곤 했는데, 아빠가 집에 머무는 동안 엄마가 밥상을 차리는 일은 거의 없었다. 밤새 아빠에게 시달린 엄마는 시든 꽃처럼 넋을 놓고 있을 때가 많았다.

아빠는 밥을 먹을 때마다 주문을 외우듯 이한에 말했다.

"이한이 너, 아빠 대신 엄마의 수호신이 되어야 한다. 너희 엄마, 워낙 예쁘다 보니 누가 돌보지 않으면 불안하거든."

말없이 수저를 들던 엄마는 그날따라 더욱 경멸스러운 눈빛으로 아빠를 바라보았다. 이한은 두려웠다. 아빠가 다시 괴물로 변해버릴지 몰라 두려운 건지, 아니면 간밤에 본 일들이 꿈이 아님을 알게 되는 게 두려운 건지 모를 일이었다. 이한은 아직은 모든 게 그대로인 이 고요한 평화를 깨고 싶지 않았다.

"그럼요. 엄마는 아빠의 황후 마마잖아요. 걱정하지 마세요. 제가 잘 모실 테니까요."

그런 일이 반복되면서, 집 안에는 종이꽃이 늘어만 갔다.

널브러진 종이꽃 위로 어둠이 내려와 앉았다. 이한은 거실의 불도 켤 생각을 않고, 주방에 들어가 남은 와인을 쏟아 버렸다.

삐익, 삑.

대문 여는 소리가 났다. 누구일까 싶어 밖을 내다보니 엄마였다. 뜻밖이었다.

"엄마, 내일 온다며? 아빠하고 또 싸웠어?"

"왜 불도 켜지 않고 그래? 꽃은 왜 저 꼴이고……."

이한은 파리한 얼굴로 묻는 엄마에게 무슨 말을 해야 할지 난감했다.

"엄마도 더는 참고 살 수 없어. 끝낼 거야. 네 아빠는 사람이 아니야."

이한은 보지 않아도 상황이 그려졌다. 평소의 아빠라면 충분히 엄마를 화나게 했을 것이다. 그런데 느닷없이 끝내다니. 이한이 지금까지 봐온 엄마는 절대로 아버지의 굴레에서 벗어날 사람이 못 되었다. 엄마가 무슨 말을 하려는지 알 수 없었다.

"무슨 일 있었어?"

이한이 몇 번을 물어도 엄마는 한숨만 쉬었다. 온 집안에 먹구름이 내려와 앉아 가슴이 답답했다. 이한은 집에 가만히 앉아 있을 수가 없었다.

엄마는 대충 옷을 갈아입고 그림자처럼 앉아 종이꽃을 만들었다.

"엄마는 이런 상황에서도 꽃이 만들어져? 난 답답해서 미치겠는데……. 엄만 안 그래?"

엄마는 분통을 터트리는 이한의 말을 못 들은 척, 종이꽃 속으로 빨려 들어갈 듯 몰입했다.

방으로 올라온 이한은 점퍼를 들고 밖으로 나왔다. 아무 버스나 탔다고 생각했는데 정신 차리고 보니 미지네 동네로 가는 버스였다. 미지에게 전화하고 싶지만 두려웠다. 무작정 찾아가기로 마음먹었다.

버스에 앉은 이한은 처음 미지를 만난 날이 떠올랐다. 이한은 늘 우울했다. 매일매일 끝도 없는 슬픔의 강을 건너는 기분이었다. 무엇을 해도 즐겁지 않았다. 사람에 대해 별 관심도 없었다. 그러나 미지를 처음 본 날은 달랐다. 모처럼 가슴이 뛰었다. 특히 젖은 듯 촉촉한 미지의 눈빛을 보자, 왠지 오랫동안 알고 지내던 사이처럼 느껴졌다. 용기를 내어 손을 내밀었다.

"번호 줄 수 있어? 난 변이한이라고 해."

미지도 이한이 마음에 드는 눈치였다. 시내에서 따로 만났을 때, 미지가 한 말은 가슴에 도장을 찍은 듯 선명하게 남았다.

"엄마 때문에 억지로 성당에 나와서 무척 어색했었는데……. 네가 먼저 다가와서 고마웠어."

이한은 들꽃처럼 순수하면서도 생각이 깊은 미지의 모든 것이 좋았다. 특히 무슨 말을 하든 다 들어줄 것 같은 따뜻한 미소에 끌렸다. 첫 만남부터 이한은 적극적으로 미지에게 다가갔다.

– 난 가끔 네가 엄마가 하늘에서 보내준 선물 같아. 아빠가 지방
　공사장에 내려가서 혼자 있을 때가 많지만, 너를 생각하면 하나
　도 안 쓸쓸해.

미지도 점점 더 이한을 의지하는 것처럼 느껴졌다. 미지는 엄마에 대한 그리움이라든가 아빠가 공사장에서 힘들게 일하다

다친 일 등을 다 털어놓았다. 그럴 때마다 이한도 엄마 아빠한테 받은 충격을 말하고 싶었다. 그러나 무슨 말부터 시작해야 할지 엄두가 나지 않았다. 그래도 이한은 미지를 만날수록 마음속 그늘이 옅어지고 있다는 걸 느꼈다. 이 세상에 미지만 있으면 집안에 드리운 어둠쯤 별것 아닐 것 같았다. 그만큼 미지가 좋았다.

그런데 100일을 기념하기로 한 날, 모든 게 엉망이 됐다.

'이대로 끝낼 수는 없어. 다시 시작해야 해. 진심으로 용서를 빌면 될 거야. 미지도 지금 날 기다릴지도 몰라.'

버스에서 내린 이한은 창신동 골짜기를 향해 올라갔다. 밤새 기다려서라도 미지를 만나야 했다. 그러지 않고는 죽을 것만 같았다.

창신동은 고만고만한 가게도 많지만 이상할 만큼 전봇대가 많았다.

'나는 아빠처럼 흉측한 사람은 되고 싶지 않아. 그런데, 미지한테 한 짓은 뭐지?'

이한은 복잡하게 얽히고설킨 전깃줄이 자신의 마음을 닮았다는 생각을 하며 걸었다.

헉헉 숨이 찰 정도로 빠른 걸음으로 맨 꼭대기에 다다랐다. 드디어 미지가 사는 집 앞이다. 미지의 방에서 흘러나오는 불빛을 보자 온몸이 떨렸다. 하지만 벨을 누를 수는 없었다. 더군다나 주인집이랑 같은 대문을 쓴다는 말도 들었던 터다. 밤도 깊었고, 마음속에서 꼬인 전깃줄은 더더욱 엉켜만 갔다.

– 지금 너희 집 앞이야. 잠깐만 만나. 할 말이 있어.

무거운 마음으로 톡을 보냈다. 1이 사라진 지 한참 지났는데도 답이 없었다. 점점 더 초조해졌다.

– 너 나올 때까지 안 갈 거야. 제발 나와줘.

이한은 덜덜 떨면서 또 톡을 보냈다. 망망대해에 조약돌을 던지는 기분이었다. 미지의 침묵이 단단한 거절의 표시로 보여 암담했다.

전화를 걸었다. 한참을 울려도 받지 않았다. 기다리기로 했다. 전봇대 밑에 게딱지처럼 붙은 집을 보자, 엄마 장례식을 마친 뒤 집 앞에서 만난 미지가 해준 말이 생각났다.

"우리 엄마는 창신동에서 태어났고, 죽는 순간까지 창신동에서 살았어. 아빠도 초등학교 동창이고. 엄마는 가난했지만 아빠 덕분에 행복했대."

이 말을 마친 미지는 이런 고백도 했었다.

"네가 검은 옷을 입고 장례식장에 들어서는 순간, 뭉클했어. 온몸에 따뜻한 물이 흐르는 것 같달까. 엄청 위로가 되더라고."

이한은 장례식에 다녀온 뒤로 미지에게 훨씬 더 적극적으로 다가갔다. 미지도 엄마를 하늘나라로 보낸 뒤 이한에게 급속도로 마음을 여는 것 같았다.

'괜히 100일 이벤트 같은 거 하려다 이 꼴이 났잖아.'

동네를 한 바퀴 돌아본 뒤 다시 미지의 집 앞에 왔다. 전화를 걸었다. 한참을 울린 다음 미지가 전화를 받았다.

"……."

한동안 침묵이 흘렀다.

"미지야, 있잖아."

어렵사리 입을 떼 잠깐만 보자고 했더니 절대 나와줄 것 같지 않았던 미지가 나왔다. 밤하늘에 뜬 초승달이 도와주는 것 같았다. 이한은 떨리면서도 내심 기대가 되었다.

"뭐야? 나한테 더 할 말 있어?"

쏘는 듯한 말투였지만, 미지는 코끝과 눈두덩이 새빨개져 있었다. 한참 울다 나온 것 같았다.

"잠깐 얘기 좀 해."

미지는 시계를 자꾸만 쳐다보면서도 금방 들어갈 것 같진 않왔다. 이한은 무릎부터 꿇었다.

"미안해. 잘못했어. 널 너무 좋아해서 그랬어. 그땐 제정신이 아니었어. 앞으로는 절대 그런 일 없을 거야."

"넌 좋아하면 뺨 때리고 욕하니?"

미지 말이 맞았다. 그 말이 맞다는 걸 느낀 순간 발가벗겨진 채 찬물 세례를 받은 것처럼 몸이 떨렸다. 그러면서도 가슴 한쪽에선 불덩이가 치솟는 것 같았다. 극장 앞에서 미지가 다른 남자를 두둔하는 말을 들었을 때, 어제 자기 방 침대에서 비에 젖은 미지에게 가슴팍을 떠밀렸을 때, 딱 이런 느낌이었다. 한기를 떨치면서 열기를 뱉어내고 싶은 충동이 뱃속에서 진흙탕 싸움을 벌이기 시작했다.

"아니, 그런 게 아니고……."

아빠 얼굴이 떠올랐다. 엄마를 사랑한다면서 때리던 아빠. 아빠도 이런 충동을 이기지 못해 그랬던 것일까. 미지가 좋았다. 좋을수록 자기 자신이 싫어졌다. 다른 사람에겐 없는 괴상한 버튼을 아빠에게서 물려받은 건 아닐까. 누르면 터지는 시한폭탄 버튼. 미지의 차가운 얼굴을 보니 또다시 우악스러운 괴물이 얼굴을 치켜드는 것만 같았다.

'이런 놈이, 미지를 좋아해도 될까?'

이유를 모를 눈물이 울컥 솟았다. 이한 자신도 당황스러웠지만 엎질러진 물이었다. 미지 앞에서 작아지고 싶지 않아 애써 삼켜보려 해도, 한 번 터진 눈물은 그쳐지질 않았다.

미지도 갑작스러운 상황에 허둥대더니, 다급히 이한의 손을 끌고 공원으로 갔다.

"주인집 아줌마 나오면 곤란해. 괜히 아빠한테 말하면 골치 아파지고……."

공원은 밤이라 개미 새끼 한 마리 보이지 않았다. 바람은 차고 낙엽은 이리저리 뒹굴고 스산하기 그지없었다. 이한 앞에 마주 선 미지는 이한을 똑바로 바라보며 말했다.

"뭔데. 하고 싶은 말, 천천히 다시 해봐."

말할 기회를 얻으니 막상 머릿속에 맴돌던 말들은 쏙 들어가고 엉뚱한 말이 튀어나왔다.

"난 너 아니면 안 될 것 같아."

"무슨 소리야?"

무심결에 나온 말이지만, 이미 뱉은 그 말은 어느덧 이한의 진심이 되고 있었다.

"성당에도 없었고 집에는 더더욱 없었어. 날 구해줄 사람이……. 날 구원해줄 사람은 너뿐인 것 같아."

자신의 진심에 스스로 동요한 듯, 이한의 목소리는 다시금 떨리고 있었다.

"내가 널 어떻게 구해? 이한아, 난 이제 네가 무서워."

듣고 보니 그 말이 맞았다. 괴물에게서 겨우 달아난 공주님에게 괴물을 구해달라고 하다니, 앞뒤가 안 맞는 말이었다. 하지만 이한은 포기할 수 없었다.

"미지야. 왜 우리 집에 종이꽃이 많냐고 물었지?"

이한은 미지가 거실에 들어오면서부터 묻던 질문에 답을 하고 싶었다.

"지금 그 얘기는 왜 해?"

"우리 엄만 울고 싶을 때마다 종이꽃을 접어."

엄마,라는 말에 미지의 눈빛이 흔들리는 게 보였다. 바늘이라도 삼킨 듯 아픈 얼굴을 하는 미지를 보며 이한의 마음도 사정없이 흔들렸다.

"그래서……?"

"그럴 때마다 난 아무것도 할 수 없었고."

울음을 참는 얼굴로 되묻는 미지를 보며, 이한은 묘한 용기가 생겼다.

"엄마를 그렇게 만든 건 아빠야."

이 말을 시작으로, 아빠와 엄마 이야기를 적나라하게 털어놓았다. 말을 하다 간간이 감정이 복받쳐 울컥거리면서도 무언가 뭉친 응어리가 풀리는 듯 후련해지기도 했다. 이야기를 다 마칠

무렵 미지는 놀란 듯 물끄러미 이한의 얼굴을 바라보았다.

"정말 미안해. 이런 놈이라서. 난 겁이 나. 내가 아빠 같은 사람일까 봐. 너한테 종이꽃을 접게 할까 봐."

이 말 또한 진심이었다. 하지만 더 큰 진심은 그다음 말에 있었다.

"그런데도 난 네가 좋아. 좋아서 못 견딜 것 같아. 헤어지잔 말만 하지 말아줘. 그냥 옆에만 있어줘. 다신 안 그럴게. 네 옆에서 숨만 쉬게 해줘."

이한은 가슴이라도 펼쳐 보일 듯한 기세로 빌고 또 빌었다. 이 끈을 놓치면 끝 모를 낭떠러지로 떨어질 것처럼 두려웠다.

"알았어."

그때 구원의 한마디가 들렸다. 벤치에 앉아 있던 미지가 자리를 털고 일어나며 던진 한마디.

"나한테도 생각할 시간을 줘."

미지의 말에 이한은 처형을 유예받은 사형수처럼 안도의 숨을 쉴 수 있었다.

"나 변할 수 있어. 널 위해서 좋은 사람 될 수 있어. 한 번만 더 기회를 줘."

그 말은 곧, 미지가 아니면 절대 좋은 사람이 될 수 없을 것 같다는 예감이기도 했다. 아직 물기가 덜 가신 건지 더욱 촉촉

해 보이는 미지의 눈동자는 이한에게 많은 말을 걸고 있었다. 하지만 미지의 입에서 나오는 말은 간결하기만 했다.

"오늘은 집에 가. 늦었잖아. 네 이야기 해준 건 고마워."

이한은 달래듯 조용히 말하는 미지가 누나 같았다. 그러나 미지의 속마음을 확실히 알 수 없어서 다시금 마음이 졸아들었다. 초겨울비가 몰고 온 바람이 제법 쌀쌀했다. 이한은 추워서 새파래진 입술로 다시 말했다.

"미지야, 부탁할게. 끝이라고는 하지 말아줘."

"당장엔 뭐라고 답하기가 힘들어. 잘 가."

이한은 미지가 집으로 들어가는 모습을 한참 서서 바라보았다. 이한은 집으로 돌아오며 밤하늘을 올려다보았다. 다닥다닥 붙어 있는 집들에 가려서 하늘은 보이지 않고, 졸고 있는 가로등만이 눈에 띄었다. 온몸에 피로감이 몰려왔다.

창신동 골짜기는 오를 때보다 내려올 때가 더 길고 지루했다.

'미지가 날 용서할까?'

술 취한 사람처럼 몽롱한 눈빛으로 자정이 넘어서야 집으로 돌아왔다. 그때까지도 엄마는 유령처럼 앉아 종이꽃을 만들고 있었다. 그 모습을 보자 다시 몸서리가 쳐졌다. 간신히 잠재운 마음속 불길이 다시 지펴졌다. 종이꽃을 모두 불태워 버리고 싶었다.

이한은 자기 속을 길길이 날뛰는 짐승의 목을 틀어쥐듯 두 주먹을 꾹 쥔 채 몸을 곧추세웠다.

"엄마, 힘들면 차라리 아빠랑 소리치며 싸우세요. 난 엄마 이러고 있는 것 보는 게 너무 힘들어요. 종이꽃은 가짜잖아요. 아무리 예뻐도 가짜……."

정갈한 가면을 쓴 엄마와 아빠처럼, 겉은 그럴싸한 이 집의 외관처럼, 숨 쉬지 않는 꽃이 이한의 숨통을 꾹 조여오는 것 같았다.

"그래, 미안해. 그렇게 할게."

화내는 법을 아예 잊어버린 걸까. 금방이라도 쓰러질 듯 창백한 얼굴로 대답하는 엄마를 뒤로한 채, 이한은 방으로 뛰어 올라왔다.

이한은 미지가 앉았던 자리에 쓰러져 온 힘을 끌어모아 버튼을 눌렀다.

– 미지야, 나 정말 네가 필요해.

나비의 겨울

·

성매매

아무도 없다. 저녁 햇살이 거실 끝자락까지 들어와 너울댈 뿐 온 집안이 적막하다. 아빠는 일자리를 찾아 밖으로 나돈 지 보름쯤 되었고 엄마도 장사 끝나려면 멀었다. 공부벌레 언니는 도서관에 짱박혀 있을 것이다. 언제 올지 모른다. 완전 자유다.

꼬르륵, 느닷없이 배 속에서 천둥 번개가 친다.

리나는 낡은 냉장고 문을 벌컥 연다. 말라 비틀어진 김치 몇 쪽이 담긴 플라스틱 통만 뒹굴 뿐, 텅 빈 깡통 같다.

"짜증 나. 다른 집은 냉장고에서 썩은 음식 버리는 게 일이라는데……."

리나는 신경질적으로 문을 닫는다. 코를 막을 만큼 꿉꿉한 군내를 풍기던 냉장고는 내 탓이 아니란 듯 다시 입을 꾹 다문다.

좀 전까지 날아갈 것 같던 기분은 다시 꿀꿀해졌다. 리나는 방으로 들어와 채팅 앱에 접속한다. 푸른 바다를 유영하고 있던 고기들이 바쁘게 입질 중이다. 리나가 입장하자마자 리나의 닉네임 '나비'로 쪽지가 쏟아진다. 리나는 어떤 낚싯줄을 잡아당겨야 실속이 있을지 머리를 굴린다.

'아무래도 아저씨가 낫겠지. 목돈이 필요하니까.'

'대어'가 보내온 메시지를 읽는다. 몇 번 채팅하면서 찜해두었던 상대다. 지갑이 빵빵한 호구 중에는 돋보기 쓰고 더듬거리는 노털들도 많다. 질러버릴 용기도 없으면서 깔짝대기나 하는 늙은 풋내기들. 짧고 굵게 치고 빠지는 솜씨를 보면 '대어'는 이 바닥에서 닳고 닳은 남자가 분명하다. 고수를 상대할 줄 알아야 고수가 되는 법. 리나는 과감하게 '대어'와의 대화창을 클릭한다.

– 벌써 수업 끝났군.

– 야자 땡침. 벌써 퇴근?

– 퇴근은 내 맘. 오늘 할 일 마쳐서 나가려다 딱 만났네. 번개 가능?

– 조건 맞으면요!

– ㅎㅎ. 화끈해서 좋아. 오늘 제대로 작업 해볼까?

– 나 조건 쎄요. 알죠?

– 싸구려 짝퉁보단 비싼 진품이 낫지.

– 진품 값 얼마 쳐줄 건지 쪽지 보내요.

잠시 후, 다시 톡이 날라온다. 기대했던 것보다 센 값이다. 홀
쭉했던 지갑이 벌써 두둑해지는 것 같다. 대어. 닉 값 제대로 하
는 것 같다.

빠르게 약속 장소를 정한다. 대화창을 닫으며 불현듯 벽에 붙
은 가족사진이 눈에 들어온다. 정면을 바라보는 엄마와 눈이 마
주친다. 가슴팍에 날 선 화살이 와 박힌다.

'그래서. 해준 게 뭔데?'

머리를 세차게 흔들고 구호를 외듯 최면을 건다.

'쿨하게. 목표만 생각하자. 쿨하게. 쿨하게. 쿨하게.'

열 번쯤 외치자 가슴을 찌르고 있던 화살이 스르르 뽑힌다.
하고 싶은 일이 있고, 집에선 돈을 안 보태주고. 그런데 어쩌란
말인가.

얼마 전 애들과 홍대 앞을 지나는데 훤칠하게 생긴 남자가
리나 앞을 가로막았다.

"소속사 있어요?"

"네?"

"아이돌급 외모인데, 아직 소속사 없어요?"

이렇게 말을 걸어온 남자는 계속해서 리나의 외모를 극찬했다. 평범하게 썩히기엔 아우라가 있다는 것이다.

"약간 다듬기만 하면 금방 데뷔할 수 있을 것 같은데. 어때요? 우리 회사 바로 이 근처거든요. 같이 가볼래요?"

"네?"

"뭘 자꾸 놀라요? 길거리 캐스팅 당하는 거 처음이에요? 그럴 것 같진 않은데?"

리나는 남자를 따라 들어갔다. 멀끔하게 차려입은 외양부터 점잖은 말투까지 지금까지 오다가다 접한 헌팅과는 격이 달랐다. 홀리듯 따라 들어간 건물 안에서는 꽤 넓은 사무실에서 직원들이 각자 자기 일에 몰두하고 있었다. 게시판에 붙은 소속 탤런트와 모델 사진을 보는 순간, 온몸에 전율이 일었다.

'내 사진도 저기, 저렇게 크게 걸릴 수 있을까?'

반신반의하던 생각은 사무실 이곳저곳을 구경하는 동안 꼭 이루고야 말 꿈이 되어 있었다. 공부 좀 잘한다고 나를 깔보는 언니, 그런 언니에게 잔뜩 기대를 걸면서 나란 애는 있는지 없는지 신경조차 쓰지 않는 엄마 아빠. 모두의 코를 납작하게 눌러줄 만한 꿈 말이다.

'언니가 아니라 내 덕에 팔자 피게 될걸?'

성공한 둘째 딸 앞에서 절절매며 눈치를 살필 엄마 아빠 모습, 상상만으로도 통쾌하다. 무조건 달리는 거다. 가장 멋진 모델이 되는 그날까지.

남자는 꿈의 사다리가 되어주기에 모자람이 없어 보였다. '리나 씨'라고 깍듯하게 존칭을 해주는 것도 좋고, 머리끝부터 발끝까지 여태 만나왔던 사기꾼들하곤 질적으로 달라 보였다.

연예계에 진출할 수 있는 길은 여러 갈래가 있지만 그중 리나가 택한 건 모델이었다. 모델이 되고 싶다는 말에 남자는 그럼 부모님을 만나 의논을 해볼 수 있느냐 물었다.

"부모님은, 제가 말씀드려서 지원을 받아볼게요. 굳이 만나보실 것까진……."

엄마 아빠가 밀어줄 리가 없다. 부모의 동의가 꼭 필요하다면 어떡하나, 남자는 초조하게 답을 기다리는 리나를 세워둔 채 턱에 손을 괴고 한참 생각하더니 말했다.

"다른 건 문제가 안 되는데, 모델 수업료가 필요하거든요. 못해도 석 달은 워킹 수업을 받으러 다녀야 할 텐데. 몇 달 트레이닝만 하면 그 뒤로는 제가 책임집니다. 바로 모델 데뷔 가능해요."

그렇게 들은 비용은 엄청났다. 남자와 약속한 날이 이틀밖에 남지 않았다. 아빠나 엄마에게는 말해봤자 삽질밖에 안 된다. 스스로 해결해야만 한다. 돈은 생각보다 쉽게 벌 수 있었다.

리나는 망설임 없이 일어선다. 약속 시간에 맞추려면 서둘러야 한다. 옷장을 연다. 리나의 옷은 젖비린내 나는 것뿐이고 언니 옷은 모두 구닥다리 같다. 그나마 입을 만한 옷을 추려낸다. 연한 핑크 블라우스에 아이보리 색 스커트. 언니가 거금을 들여 산 건데 정작 본인은 소화를 못해 옷장에서 잠만 자는 옷들이다. 연핑크에 아이보리. 얼핏 촌스러워 보일 수 있지만, 선택의 여지가 없다. 옷을 챙겨 입고 거울을 본다. 비비크림조차 바르지 않았는데 얼굴에서 빛이 난다. 굿이다. 핑크를 이렇게 멋들어지게 소화하는 사람은 흔치 않을 거다. 허리에 벨트를 매니 더욱 근사했다.

"넌 뭘 입어도 멋져."

리나는 거울 속 여자에게 윙크를 보낸다. 옷을 다 입고 한 바퀴 돈다. 라인이 아이돌 뺨친다. 용기가 솟는다.

"반드시 뜨고 말 거야."

리나는 풍선에 바람 넣듯 다시 한 번 마음을 부추겼다. 그래야 앞으로 벌어질 일을 견딜 수 있을 것 같았다.

신도시로 뜨는 지하철 역 입구로 나와 거리를 살핀다. 외래어로 된 간판들 때문인지 이국적인 냄새가 물씬 풍긴다. 검은 얼굴, 흰 얼굴 등 다양한 외국인들이 거리를 활보한다. 리나도 이방인이 되어 빠른 걸음으로 대어를 만나러 간다. 눈앞에 엉덩이가 큰 외국인 여자가 느릿느릿 걷고 있다. 짜증이 난다. 리나는 빠른 걸음으로 그녀를 앞선다.

복잡한 거리를 지나 골목으로 접어든다. 러브러브, 골든 캐슬, 호텔 캘리포니아 등 찬란한 네온사인이 빛나는 곳은 모두 모텔이다. 그중 약속된 장소는 '장밋빛 인생'이다. 바로 눈앞이다. 목이 탄다. 흑인 남자가 청바지에 손을 집어넣은 채 서성인다.

리나는 고개를 숙인다. 누구와도 눈이 마주쳐서는 안 된다.

"꺅!"

바닥으로 시선을 돌리던 리나가 소리를 지르고 만다. 얼룩무늬 고양이가 내장이 터진 채 널브러져 있다. 아지트에 가끔 찾아와 놀아주던 고양이와 닮았다.

문득 수가 생각난다. 수도 리나가 좋아하던 그 얼룩 고양이를 예뻐했다. 아지트에 올 때마다 "나비야, 나비야." 하고 다정한 목소리로 찾곤 했었는데, 요즘은 통 얼굴을 볼 수 없다. 아지트에 머무는 시간이 엇갈리기 때문인가. 죽은 고양이의 시체를 보지 않으려 해도 자꾸 눈길이 간다. 끔찍하다. 사방을 두리번거린다. 골목은 한산하다. 얼마 전 얼핏 봤던 포털 기사 제목이 스친다.

[청소년 성 범죄의 온상이 된 랜덤채팅. 3년간 1만 1400명 검거]

웬지 모를 불안감이 뒷덜미를 잡지만, 약속 장소로 정해진 호수를 찾아 어두컴컴한 모텔 안으로 들어선다. 엘리베이터는 편하긴 하지만 다른 사람과 마주칠 가능성이 높다. 들고양이처럼 발꿈치를 들고 계단을 오른다. 좁은 복도 끝에 308호가 보인다. 리나는 붉은 전등에 얼굴이 비칠까 고개를 숙이고 걷는다. 가슴에서 전자음 소리가 들린다. 한두 번도 아닌데, 이상하게 긴장된다. 아니 오히려 처음에는 두려움도 몰랐다. 손에 목돈을 쥘 수 있다는 생각만으로 족했다.

리나는 컴컴한 방에 들어서자마자 미리 준비해 온 가면을 쓴다. 입 위로만 가린 고양이 가면. 이미 샤워를 끝낸 '대어'도 가면을 쓰고 있다. 흑표범 가면이 제법 위용 있어 보인다. 그가 침대 끝에 앉아 붉은 잔을 기울이고 있다. 온몸이 비곗덩어리 같다. 상관없다. 약속한 돈만 받으면 된다. 그의 끈적끈적한 눈길이 온몸에 와 닿는다. 리나는 그 눈길을 피해 욕실로 들어간다. 물을 크게 틀어놓고 몸을 적신다.

"같이 할까?"

대어는 똥배를 가리지도 않은 채 샤워실로 들어선다. 토할 것 같다.

'아무리 그래도 이건 아니잖아.'

그래도 내색 않는다.

"좀 참아요."

최대한 부드럽게 그를 밀어낸다. 부끄러워하는 줄 아는지, 대어는 허허 웃으며 순순히 물러서 준다. 수건으로 살짝 몸을 가리고 나와 그가 따라놓은 와인을 마신다. 진분홍빛 와인이 들어가자 바짝 얼어 있던 몸이 스르르 풀린다. 날렵하지 못한 그가 슬로모션으로 다가온다. 대어가 입질하듯 몸 위에서 유영하고 있다. 눈을 감는다. 주술을 걸 차례다.

'학원비, 발렌시아가 티셔츠, 슈퍼 모델 대회, 주목, 주인공……. 학원비, 구찌 파우치, 슈퍼 모델 대회, 스포트라이트, 주인공……. 모델 학원비……. 슈퍼 모델 대회, 스포트라이트, 주인공…….'

대어의 작업이 끝날 때까지 수십 번도 넘게 주술을 왼다. 이 물질이 몸 안에서 제멋대로 꿈틀대는 동안, 리나는 내일의 햇살을 떠올린다. 최면은 효과가 짧다. 자꾸만 내장을 보이며 죽어 널브러진 고양이가 눈앞에 아른거린다. 죽을 맛이다. 대어가 신음을 낼 때마다 리나는 작은 목소리로 야옹, 야옹 소리를 토해낸다. 끙끙대고 있는 늙은 고깃덩어리를 당장이라도 밀쳐버리고 싶다. 참는다. 대어는 리나가 고양이 소리를 낼 때마다 신이 나는 듯 더 격하게 몸을 흔든다. 착각은 자유지만, 곤혹스럽다. 불쑥 모멸감이란 놈이 고개를 들이민다. 리나는 그놈을 꾹꾹 집어넣느라 바쁘다.

'그냥 쿨하게! 노동이야. 그냥 일용직 알바.'

있는 힘껏 밀쳐내 버리고 싶은 순간 대어의 입에서 이상한 소리가 들린다. 잠에서 깬 고양이 하품 소리 같다. 욕망이 사그라지는 소리다. 역하다.

끝났다. 묘한 냄새와 함께 미세한 통증이 불쾌하긴 했지만 티를 내진 않았다. 잠시 후 들어올 돈의 액수, 그 숫자만 머릿속에 정확하게 박는다.

"좋았어. 담에 또 볼 수 있지?"

어느새 옷을 다 챙겨 입은 대어가 5만 원 짜리 지폐 몇 장을 테이블 위에 놓고 먼저 나간다. 돈을 세어본다. 이 맛이다, 개운치 않으면서도 작업을 하는 이유는.

'이제 몇 탕만 더 뛰면 학원비는 해결될 거야. 힘내자. 얍!'

봉투를 가방에 넣고 문을 나서려는데, 밖에서 노크 소리가 들린다. 아니, 노크가 아니다. 보채듯 빠르게 두드리던 소리는 금세 때려 부수듯 강한 소리로 바뀐다. 갑자기 방 안이 섬처럼 느껴진다. 어딘가 숨어야 할 것만 같다. 좌우를 둘러봐도 동굴 같은 방 안 어디에도 숨을 곳이 없다. 도망을 치는 게 낫겠다 싶다. 그러나 도망갈 곳은 어디에도 없다. 독 안에 든 쥐가 된 것 같다. 달그락, 쇳소리와 함께 문이 열린다. 가슴이 방망이질을 해댄다.

문 앞에 서 있는 건 딱 봐도 형사다. 영화에서처럼 가죽점퍼를 멋지게 입은 형사가 아니라 아빠처럼 후줄근한 점퍼를 걸친 형사 둘이 서 있다. 좀 더 나이 들어 보이는 쪽이 리나의 온몸을 벌레 보듯 훑는다. 리나도 그들을 본다. 애써 아무렇지도 않은 척 담담한 표정을 지어 보인다. 형사들이 쯧쯧, 혀를 찬다. 재수 없긴 서로 마찬가진 것 같다.

"학생이지?"

"아닌데요."

"민증 내놔 봐."

리나는 새침하게 치켜떴던 눈을 바로 내리깐다.

"너는 묵비권을 행사할 수 있고 네가 하는 모든 발언이 법정에서 불리하게 작용할 수 있어. 또 너는 변호인의 조언을 받을 수 있는 권리가 있다."

형사가 형식적으로 미란다 원칙을 읊조린다.

그다음 말은 듣지 않아도 뻔하다. 드라마에서나 봤던 일이 눈앞에 벌어지다니, 믿어지지 않는다. 꿈일 것이다. 아니 누군가 장난을 하고 있을지도 모른다. 그렇게 믿고 싶을 뿐, 리나의 손목에는 은빛 팔찌가 채워진 상태다. 손목은 차갑고 얼굴을 뜨겁다. 쪽팔린다는 말이 가장 잘 어울리는 순간이다.

온 세상 사람들이 자기를 향해 침을 뱉을 것만 같아 고개를 숙인다. 눈을 감는다. "제가 책임집니다. 반드시 데뷔시켜 드릴게요."라던 기획사 남자의 말이 김빠진 풍선이 되어 하늘을 날고 있다.

'내 인생도 좆난 건가?'

모텔 밑에 경찰차가 서 있다. 가슴이 오그라드는 것 같다. 차 앞에 서자 짭새가 뒤에서 리나를 짐짝 넣듯 밀친다. 특이한 냄새가 훅, 하고 달려와 안긴다. 감옥의 냄새다.

차 안에 남자가 있다. 흑표범을 걷어낸 그의 얼굴은 대어는커녕 피라미 새끼보다 더 조잡스럽게 생겼다. 땀인지 개기름인지 잔뜩 번들거리는 얼굴로 불안한 듯 눈알을 굴리고 있는 게 행여라도 리나와 눈이 마주칠까 두려워하는 것 같다.

'븅~신!'

리나는 자신을 향해 저주를 퍼붓는다. 누군가 자길 죽도록 패주면 좋겠다.

'개 같아. 이러고도 사람이냐?'

대어가 혐오스러울수록 가슴을 파고드는 화살촉이 점점 더 날카로워진다. 각기 욕망과 돈에 영혼을 팔아버린 두 짐승을 실은 경찰차가 이국적인 동네를 벗어나 살벌한 땅으로 들어가고 있다.

경찰차가 모텔을 벗어나 골목으로 들어서자 어디선가 고양이 울음소리가 들리는 것 같다. 골목에서 본 죽은 얼룩 고양이가 혹시 아지트의 고양이였을까. 생각이 그에 미치자 울적한 얼굴로 소주를 마시던 수의 얼굴이 생각난다. 보고 싶다. 늘 그렇듯 짝사랑일 뿐이지만.

경찰서에 들어와 보는 건 처음이다. 상상했던 것처럼 아주 험악하지만은 않다. 책상 위에는 서류들이 제멋대로 나뒹굴고 각기 바쁘게 움직이고 있다. 형사지원팀, 교통범죄 수사팀, 소년계 민원실 등 팻말이 붙어 있지 않다면 평범한 사무실과 다를 바 없다.

형사들의 모습도 평범하다. 형사라면 죄다 무서운 인상일 것 같았는데, 꼭 그렇지만도 않다. 개중에는 잡혀 온 사람과 농담 따먹기를 하는 형사도 있다. 옆 책상에서 수갑 찬 남자와 마주 앉은 경찰은 멀끔하니 점잖아 보인다. 하지만 리나 앞에 앉은 이 형사는 왠지 잔뜩 화난 듯이 보인다.

그는 투박한 타이핑으로 리나의 이름을 입력한 뒤, 부모님부터 들먹인다.

"이런 데서 부모님 이름 대는 짓은 하지 말고 살아야 하는 것 아니냐?"

반말이다. 재수 없게. 경찰이 무슨 벼슬이라도 된단 말인가. 리나는 마지못해 아빠 엄마 이름을 댄다. 그나저나 딸이 모텔에서 잡혀 와 수갑 차고 앉아 있는 걸 보면 엄마 아빠는 어떤 표정일까. 지금쯤 아빠는 허탕을 치고 들어와 티브이에 빠져 있을 것이다.

"정권이 바뀌면 모두가 잘살 줄 알았더니. 서민들만 죽을 판이지. 경기는 언제 풀릴지 모르고. 요즘은 한 달에 사나흘도 일을 할 수가 없으니 이놈의 막장 인생…… 도대체 살 수가 있나, 원."

아빠는 뉴스를 볼 때마다 넋두리 작렬이다. 택시 회사 사납금 내기가 어려워 막노동판으로 뛰어든 아빠의 레퍼토리는 늘 같다. 아빠에게 경기가 좋은 날은 언제쯤일까. 아마 아빠는 정권이 바뀌어도 또 다른 근심을 입에 달고 살 것이다. 그게 아빠의 삶이니까. 아빠의 찌푸린 얼굴 때문에 복이 들어오다가도 달아날 것 같다.

"가시나가 저렇게 엉덩이나 흔드니 어디다 써먹겠냐. 공부를 못하면 뭔 기술이라도 있어야 먹고살 텐데, 쯧쯧……"

거실에서 열심히 훌라후프를 돌리고 있을 때, 아빠는 이런 푸념을 늘어놨다. 리나는 속으로 외쳤다.

'상관없어. 아빠는 아빠, 나는 나로 살면 돼.'

맨날 방구들 짊어지고 누워 리모컨이나 돌려대고 있기 민망해서 더 잔소리를 하는지도 모른다. 그래야 아빠의 체통이 세워진다고 믿는 것 아닐까. 착각이다.

　"아버지는 쎄가 빠지게 벌어서 입히고 먹이는데, 학생이 공부를 열심히 해야지 이렇게 쓸데없는 짓 하고 다니면 되냐. 어머닌 뭐하시고? 형제는?"

　"엄마는 시장에서 순대 장사 하고요. 언니 있어요."

　"언니도 학생이야? 몇 학년인데?"

　"언니가 몇 살이든 그게 무슨 상관인데요?"

　"묻는 말에 답이나 해. 여기 경찰서야."

　짭새는 리나를 기가 차다는 표정으로 쳐다본다.

　"넌 단순 절도나 폭력 등으로 들어온 십대들과는 완전 달라. 마음 단단히 먹어라. 죄질이 나쁘기 때문에 아마 감옥 순례 좀 해야 할 거다. 성매매법에 걸리면 빠져나가기 힘들어. 그것도 현장에서 체포되었으니."

　짭새는 자기 하고 싶은 말을 맘껏 지껄였다. 그러면서도 연신 엄마 아빠에게 전화를 걸었다. 아무리 해도 받지 않자 걸어 차내는 눈빛으로 리나를 바라보았다.

　"딸이 무슨 짓을 하고 다니는지도 모르고. 왜 전화를 안 받아, 도대체……."

"엄마 아빠한테 전화하지 마세요."

리나는 조용히 죗값을 치르고 싶었다. 아니, 부모님이 온다고 해서 지은 죄가 없어질 것도 아닌데 이런 몰골로 부모님을 보고 싶지 않다.

"아동 청소년 범죄는 부모도 상당 부분 책임이 있는 거야."

이 말과 함께 짭새는 리나를 유치장으로 집어넣었다.

유치장에는 리나 또래보다는 어른들이 더 많았다. 퍽퍽한 적막이 흐르는 공간이었다. 리나가 들어오자 구석마다 쭈그리고 앉았던 여자들이 시든 꽃에 물 먹인 듯 활기를 찾았다.

"죄명이 뭐냐, 넌?"

웬 여자가 다짜고짜 물었다.

"알아서 뭐 하게요."

기분도 꿀꿀하고 더는 말 섞고 싶지 않아 침 뱉듯 쏘아붙였다. 유치장 안은 이내 한두 마디씩 참견하는 말들로 와자해졌다.

"요즘 십대들 정말 무섭다더니. 딱 봐도 성매매네. 대가리에 피도 안 마른 것이. 니 인생도 불 보듯 훤하다 훤해. 얼굴 반반한 것 믿고 할 짓이 따로 있지."

짙은 향수 냄새를 풍기는 여자가 씹던 껌으로 딱딱 소리를 내며 떠들었다.

"요즘 애들 쉽게 돈 벌 생각만 하지. 자기 인생 더러워지는 건 모르고. 하긴 나도 요 모양 요 꼴이지만……."

이번엔 가장 나이 많아 보이는 여자가 신세 타령을 했다. 다른 여자들은 연민 비슷한 시선으로 리나를 바라보았다. 안 들리는 척하고 싶었다. 벽에 등을 댄 채 눈을 감고 있다가 잠잠해질 무렵 고개를 들어 한 사람 한 사람을 살펴보았다. 가관이었다. 한 가지 공통점은 눈동자가 모두 텅 비어 보인다는 점이다.

'내 인생도 저렇게 망가지는 건가.'

무섭기도 하고 화가 나기도 했다.

'어쩌다가 여기까지 오게 된 걸까?'

길게 생각할 것도 없었다. 엄마 아빠가 무시해서였다. 그 생각을 하자 금세 몸서리가 쳐졌다.

"지 언니 반의 반만 닮았어도……."

아빠는 틈만 나면 언니와 비교했다. 언니는 리나 덕분에 과포장된 면이 많다. 엄마랑 아빠는 언니가 반에서 겨우 10등 안에 드는 것을 마치 전교 일 등이라도 하는 것처럼 유난을 떨었다. 언니는 그런 엄마 아빠 앞에서 얄미울 정도로 연기를 잘했다. 리나는 안다. 그 정도 실력으로는 엄마 아빠가 꿈꾸는 미래를 충족시킬 수 없다는 것을. 언니는 늘 책을 끼고 살았지만 그만큼 성적이 오르지는 않았다. 리나가 하도 공부를 못하니 상대적으로 돋보이는 것뿐이었다.

리나는 절대 엄마처럼 살고 싶지 않았다. 늘 허드렛바지에 빨간 점퍼를 유니폼처럼 입고 다니는 엄마. 창피하다. 허드렛바지 중에서도 자주색 땡땡이는 최악 중의 최악이다. 누가 순대 파는 아줌마 아니랄까 봐 옷에서부터 냄새를 폴폴 풍기고 다닌다. 리나는 세련된 차림을 한 엄마와 우아하게 백화점 쇼핑을 하는 게 소원이다. 이룰 수 없는 꿈이 더 간절한 법. 언젠가 리나는 엄마에게 용기를 내어 말했다.

"딱 한 번이어도 좋아. 엄마한테 백화점 옷 한 번 얻어 입어 보는 게 소원이야. 안 될까, 엄마?"

별 기대는 하지 않았지만 돌아온 것은 걸쭉한 엄마의 욕뿐이었다.

"계집애가 뭘 잘못 먹었냐. 백화점 좋아하시네. 걸레 쪼가리로도 안 쓸 옷에 수십만 원 붙여 파는 걸 사라고? 그거 한 벌 사려면 순대를 몇 미터나 썰어야 하는지 알아? 저 철딱서니를 어떡하면 좋냐. 허파에 바람만 잔뜩 들어 가지고. 쯧쯧."

엄마는 어이가 없다는 듯 혀를 찼다. 그날 이후 리나는 엄마에 대한 기대를 완벽하게 버렸다. 대신 스스로 벌어서 독립할 날만 기다렸다.

엄마가 거실로 들어서면 꿉꿉한 냄새가 온 집 안에 진동했다. 지겹고도 서글픈 가난의 냄새. 리나는 은근한 향수 냄새를 풍기는 엄마가 그리웠다.

"요즘은 통 장사가 안 되니 도대체 살 수가 있나."

엄마는 아빠와 입이라도 맞춘 듯 똑같이 '살 수가 있나.'를 되뇌었다. 무엇보다 못 견디겠는 건, 자신을 놔버린 듯 그렇게 사는 모습이었다.

엄마는 장사 끝내고 집에 오면 혼자만의 만찬을 즐기곤 했다. 냉장고에서 곰팡내 나는 반찬을 다 꺼내 커다란 양푼에 붓고 비빔밥을 만들었다. 양푼을 끌어안고 게걸스럽게 먹는 엄마는 식탁 가득한 캐릭터를 연기하는 개그맨 같았다. 엄마의 체중은 족히 100킬로그램은 될 것이다. 양푼 가득했던 비빔밥은 순식간에 사라지곤 했다. 리나는 그런 엄마를 볼 때마다 걸신 든 괴물이 따로 없다고 생각했다.

리나는 그런 엄마 앞에서 보란 듯이 체중계에 올라서곤 했다.

"예쁜 건 권력이야."

어느 책에선가 본 말을 그대로 되뇌어본다. 리나에게 몸은 성공을 향한 사다리이자 자본이다. 리나는 몸무게를 유지하기 위해 굶기를 밥 먹듯 했다. 엄마처럼 먹고 싶은 대로 먹다가는 꿈조차 산산조각이 날 것이기 때문이다.

"너도 하루 종일 시장 바닥에 앉아서 고생을 해봐야 엄마 심정 알지. 그저 똥멋만 들어가지고."

엄마는 리나가 체중계에 오르는 걸 보면 괜히 심통을 부렸다.

"엄마 살이 괜히 쪘는지 아니? 너랑 네 아빠 땜에 열받아서 찐 스트레스 살이야."

엄마는 입에서 밥알이 튀는 줄도 모른 채, 리나를 향해 한풀이를 해댔다.

언니는 몸매부터가 리나와 다르다. 학교에서는 교복에 몸을 겨우 욱여넣고 다니는 수준이고, 학교 밖에서는 예쁜 옷을 사 놓고도 입고 다니지 못할 만큼 갈수록 몸이 점점 불고 있다. 성인이 되면 엄마처럼 뚱보가 될 게 확실하다. 엄마 아빠는 공부하느라 찐 살은 '복살'이라 했다. 대학 가서 살만 빼면 고스펙에 매력 넘치는 여대생이 될 텐데 뭐가 걱정이냐는 거였다.

언니 자신만은 현실을 잘 알고 있었던 것 같다. 수시 원서를 삼류 대학에 넣은 것을 보면 말이다. 거기다 가끔씩 리나를 힐끗거리며 비아냥대는 걸 보면 리나의 미모를 시샘하는 게 분명했다. 여전히 언니를 희망의 끈으로 떠받들며 사는 엄마 아빠가 이제는 불쌍하기까지 하다.

형사의 취조를 받고 있는 지금 이 모습을 보면 언니는 뭐라고 할까. 그 생각을 하자 착잡했다.

여기까지 온 이유가 과연 엄마 아빠에게 무시를 당해서일까? 아닐지도 모른다. 엄마 아빠를 무시할 수밖에 없었기 때문에 이렇게 됐다는 게 더 맞는 얘기인 것 같다. 이런저런 생각이 엉켰다. 머릿속이 새카매진 새벽녘에야 까무룩 잠이 들었다.

다음 날 아침부터 다시 짭새 앞으로 불려 나갔다. 찬 바닥에서 제대로 잠을 못 자 몸이 천근만근 무거웠다.

"넌 현장에서 잡혀 온 거라 곧바로 검찰에 송치될 수 있어. 그래도 부모의 관심 여하에 따라 어떤 조치가 취해질지 달라질 수도 있는데, 이건 뭐 연락조차 안 되니……."

짭새는 눈 뜨자마자 또 강압적으로 나왔다. 그러곤 연신 전화를 했다. 하룻밤을 유치장에서 보내보니 감옥보다는 집이 나을 것 같았다. 작전이 필요했다. 불쌍 모드 돌입.

"형사님, 잘못했어요. 용서해주세요."

리나는 눈물까지 글썽이며 빌었다. 절대로 감옥 순례만은 하고 싶지 않았다. 만약 여기서 풀려난다면 다시는 회색빛 가득한 이곳에 올 짓은 하지 않을 자신이 있다.

"제가 잘못 생각했어요. 돈 벌고 싶으면 편의점 알바라도 했어야 했던 건데……. 그런 짓을 하다니 정말 잘못했어요."

"하룻밤 새에 정신이 드나 보네. 죄질이 워낙 나빠서 훈방은 안 되고. 그래도 여기에 진술서 써봐. 지금까지 작업한 경위 제대로 불어야 해. 네가 접속했던 사이트도 이미 조사 들어갔으니까 꼼수 부릴 생각은 말고."

짭새가 백지 네 장을 주면서 채우라고 했다. 텅 빈 머릿속으로 지난 시간들이 필름처럼 돌아갔다.

"어떻게 쓰는 건데요?"

"어쩌다가 그런 일을 하게 됐는지, 진술하는 글을 쓰라고."

나에 대한 진술서. 난생처음 접하는 단어 앞에 머릿속은 눈앞의 종이처럼 텅 비어버린다.

저는 공부가 싫었어요.

'이렇게 쓰면 되는 건가?'

과연 나란 사람의 어디부터 어디까지 써야 제대로 된 진술서가 되는 건지 알 수 없었다. 한 문장을 써놓고 형사 눈치를 살폈다. 형사는 리나가 뭘 어떻게 쓰든 관심 없어 보이는 얼굴로 휴대폰을 만지작거리고 있었다. 리나는 다시 한 발짝을 떼듯 그다음 문장을 이어나갔다.

엄마 아빤 공부만이 전부라고 했어요. 답답할 때마다 집을 나갔어요. 거리에서 비슷한 아이들을 만났구요. 잘 통해서 좋았어요. 각자 사정은 다르지만 대부분 엄마 아빠한테 불만이 많은 애들이었어요. 그 애들 얘기 들어보면 나만 불쌍한 게 아니더라구요. 그건 참 다행이었죠.

사람들은 우리가 지나가면 손가락질을 했어요.

"가시엉겅퀴 같은 애들이야. 절대로 가까이 가지 마라. 겉으로는 예뻐 보이지만 가시도 기분 나쁘고 끈적거리는 액도 나와. 더럽지."

언젠가 어떤 아줌마가 우리랑 비슷한 나이로 보이는 딸의 팔을 끌어당기면서 이런 말을 했어요.

가시엉겅퀴…….

폰으로 검색해보니 꽃이었어요. 가시엉겅퀴 꽃. 내 눈에는 그냥 평범해 보이는 꽃이던데, 왜 그렇게 무서워하는 걸까요?

저와 같이 손가락질을 받던 친구들도 저처럼 공부 말고 하고 싶은 게 많았는데, 아무도 믿어주지 않는 거였어요. 학교 대신 거리를 쏘다녔지요. 저는 학교에 가긴 가요. 자더라도 결석은 많이 안 했어요.

그 애들은 늘 술을 마시거나 삥을 뜯었어요. 올리브영 같은 데 들어가 화장품을 몰래 들고 나오기도 했어요. 저는 한두 번 하다 그만두었어요. 저는 모델이 되는 게 꿈이이니까 그래서는 안 될 것 같았어요. 나중에 유명해지면 나쁜 이력으로 남는 거잖아요. 과거는 털면 다 나오는 거니까요.

그러면서 작업은 어떻게 했냐고요? 모델이 되지 못하면 과거 이력이 무슨 상관이죠? 모델이 되려면 돈이 필요했던 거고. 돈을 벌려고 한 일이라고요. 근데 지금 생각하면 한심해요.

저는 집에서 천덕꾸러기였어요. 엄마 아빠는 내가 무슨 돈으로 옷을 사 입고 화장품을 사는지 관심이 없었어요. 가난한 집도 지긋지긋했지만, 나 자신이 엄마 아빠에게 아무것도 아니라는 게 더 억울했어요.

나와 보니 나만 그런 게 아니었어요. 저처럼 집에 있기 싫은 친구들끼리 모임을 만들었어요. 모임 이름은 장미파라고 지었어요. 좀 촌스럽죠? 그게 콘셉트였어요. 촌스러워도 좋으니까, 장미처럼 화려한 모습으로 모두를 돌아보게 만들고 싶었거든요.

장미파 애들은 엄마 아빠나 언니보다 저를 더 잘 알아줬어요. 그렇게 우리는 점점 더 친해졌어요. 수시로 메시지를 주고받으며 만나곤 했지요. 이 일이 있기 바로 전날도 그랬어요. 장미파 중 한 명한테 메시지가 왔어요.

– 집합.

– 어디로?

오랜만의 소집이라 잽싸게 답문자를 날렸어요.

– 우리 아지트. 호구 하나 잡았다. 네 사진 보더니 침 줄줄 흘리며 만나고 싶대.

곧장 나갈 채비를 했죠. 모델 학원비 버느라 바빠서 장미파 애들 만난 지 꽤 오래됐었거든요. 어떻게 지내는지 궁금하기도 하고……. 근데 그 친구들은 제가 조건 만남이나 작업 하는 거 몰라요. 아무리 친해도 그런 건 말할 수 없어요. 학원비만 다 모으면 그만둘 거였기 때문에 굳이 티 낼 필요도 없었죠. 제가 알기론 장미파에서 그런 일하는 애는 저 하나뿐이에요. 근데 그날 나갔더니 무슨 일이 있었는 줄 아세요?

"와! 사진보다 실물이 낫네. 잘 부탁해요."

얼굴에 곰보 자국이 난 남자애가 손을 내밀었어요.

"너한테 홀딱 반했다는 걔야. 이 구역 짱."

문자를 날렸던 애가 거들었어요. 짱은커녕 얼빵이던데. ㅋㅋ

그 옆에 얼굴이 하얀 남자아이는 말이 없었어요. 문득 지수를 닮았다는 생각이 들었어요. 지수가 보고 싶어졌어요. 지수가 누구냐고요? 제 짝남이에요. 지수를 처음 본 건, 대학로 아지트에서였어요. 얼굴은 잘생겼는데 어딘가 늘 우울해 보여서 자꾸 눈길이 갔어요. 참. 대학로 아지트는 우리만 아는 비밀 장소예요.(절대로 말하면 안 되는 우리만의 수칙이라 여기 적을 수가 없어요.)

지수는 아빠가 의사고 엄마는 화가랬어요. 완전 금수저까진 아니더라도 은수저는 돼 보이는데 왜 나처럼 거리의 아이가 되었을까, 궁금했지만 물을 수는 없었어요.

지수는 철벽남이었어요. 나하고 눈 한번 마주쳐주질 않더라구요. 나뿐 아니라, 장미파 누구에게도 마찬가지예요. 그럴수록 나는 지수에게 관심이 갔어요.

남자애들은 무리 지어 다니면서 패싸움을 많이 해요. 지수가 싸움을 잘한다는 건 상상조차 못했어요. 아지트에 나와서도 기타를 치거나 가만히 하늘만 쳐다보곤 했거든요. 그런데 패거리 짱이래요. 멋있죠?

아무튼 그날도 나가면서 지수를 만날지 모른단 생각에 엄청 들떴었어요.

장미파들과 곰보가 사주는 술도 마시고 노래방도 갔지만 흥이 나지 않았어요. 지수에게 예쁘게 보이고 싶어 샤방샤방한 원피스도 입었는데, 코빼기도 안 비치니 실망이었어요.

노래방을 나오니까 아지트에 갈 때마다 마주치던 얼룩무늬 고양이가 다가왔어요. 이상하게 나와 지수를 많이 따르던 고양이였어요. 저는 그 얼룩 고양이가 거리를 떠도는 모습이 나와 닮았다는 생각이 들었어요. 지수도 저처럼 그 고양이만 보면 좋아했어요. 털을 쓰다듬어주는 모습을 종종 봤거든요. 어쩌면 지수도 나처럼 집에서 무시를 당할지도 모른다는 생각이 들기도 했고요.

여기까지 쓰고 보니 지수가 더욱 보고 싶어졌다. 그러나 지금이 모습은 절대 들키고 싶지 않았다.

"면회다! 그만 쓰고 면회실 다녀와. 난 이미 네 부모님과 면담 마쳤다. 완전 내놓은 자식이더구만. 쯧쯧……."

저놈의 쯧쯧, 혀 차는 소리. 진저리가 쳐진다. 어른들은 상대방 기분 따위는 전혀 생각지 않고 늘 제멋대로 행동한다.

"아무리 그래도 그렇지, 법대로 하라니……. 미성년자 범죄는 부모도 책임이 있는 건데. 이렇게 나 몰라라 할 수 있나."

리나도 엄마 아빠가 싫지만 무턱대고 욕하는 형사가 더 싫었다. 자기가 뭘 안다고. 딸 때문에 저런 인간에게 욕먹는 엄마 아빠가 불쌍하기까지 했다.

유치장 안에 있는 면회실에서 한참을 기다렸다.

'엄마 아빠가 면회를 오다니…….'

의외였다. 오지 않을 줄 알았다. 아니 안 왔으면 싶었다. 그러면서도 살짝 기분이 좋았다. 면회까지 온 걸 보면 그래도 관심이 전혀 없는 건 아닌가 보다. 엄마 아빠를 만날 생각을 하니 입술이 탔다. 드디어 문이 열리고 엄마 아빠가 초췌한 얼굴로 들어왔다. 이상하게 목젖이 아파왔다.

"이 망할 놈의 계집애. 집안 망신을 시켜도 유분수지. 못 산다, 못 살아. 내가 죽고 말지."

눈 마주치자마자 엄마의 잔소리가 폭포수처럼 터졌다. 울컥 쏟아지려던 눈물이 쏙 들어갔다. 혼날 일이란 거 알지만 그래도 위로받고 싶었다. 오늘따라 엄마의 땡땡이 허드렛바지가 더욱 촌스러워 보였다. 울룩불룩 뱃살을 출렁이며 소리를 지르는 엄마의 모습이 눈물겨웠다.

하루 만에 홀쭉 늙어서 온 아빠는 리나와 눈조차 마주치지 않으려 피했다. 얼굴에는 분노와 수치심이 반죽되어 있었다. 무서웠다. 창살만 없었더라면 금방이라도 아빠의 주먹이 날아들 것 같았다. 하지만 아빠의 주먹은 새빨개진 눈가를 훔치는 데 쓰였다. 아빠가 울다니, 참았던 눈물이 왈칵, 쏟아졌다.

"아빠, 죄송해요. 잘못했어요……."

처음으로, 진짜 잘못했단 생각이 들었다. 아빠 또한 처음으로 리나와 눈을 마주쳤다.

"시끄럽고. 지금부터 내 말 잘 들어."

하지만, 독기가 가득 서린 눈이었다.

"팔자가 더럽다 보니 너 같은 걸 딸이라고 두고 있었지. 뭐? 아빠? 그따위 짓을 해놓고 어디 감히 아빠 소리가 나와! 이 시간 이후부터 너와 난 남이다. 호적에서 파버릴 테니 그런 줄 알아. 너 나오면 우린 이미 이사하고 없을 거야. 앞으로 두 번 다시 내 앞에 나타나지 마."

모든 일이 흐릿하고 우유부단했던 아빠가 이 순간만큼은 단호했다. 너무 아파도 통증을 못 느끼게 되는 걸까. 이런 꼴을 당하고 보니 좀 전까지 가슴을 아프게 후비던 화살촉이 스르르 빠지는 것 같았다. 대신 번뜩이는 식칼이 뱃속에 와 박혔다.

"어휴, 당신은 왜 또 그래. 리나야, 아빠가 속상해서 하는 말이니까 너무 신경 쓰지 말고……."

아빠 소매를 흔드는 엄마를 보며, 겨우 울음을 삼켰다.

"그나저나 이거 소문나면 네 언니는 어쩐다니. 창피해서 학교를 어떻게 다녀. 왕따라도 당하면 어떡하냐고."

이어지는 엄마의 말은 아빠가 박은 칼을 양옆으로 비트는 것이었다. 엄마다운 말씀. 이제는 엄마고 아빠고 필요 없었다.

"가세요."

신음처럼 흘러나오는 소리였다.

"나라고 엄마 아빠 딸 하고 싶은 줄 알아? 가요. 이제 나도 볼일 없으니까."

리나는 이제 울지 않을 수 있었다. 우는 대신 마지막 남은 자존심을 씹던 칼날처럼 내뱉었다. 엄마 아빠는 독한 년이라고 고개를 저으며 바람처럼 면회실을 나섰다.

잠시 후, 담당 형사가 리나를 데리고 조사실로 갔다. 쓰다 만 진술서를 내밀며 기가 막힌 듯 툭, 한마디 던졌다.

"너도 너지만, 네 부모도 대단하다. 어쨌든 진술서나 끝내자."

리나는 이제 아무것도 쓸 기운이 나지 않았다.

"저 그냥……. 소년원에 보내주세요."

리나는 이 말과 함께 묵비권을 행사했다. 더는 아무 말이 필요 없었다.

유치장으로 다시 들어오는 참에 리나 발치에 무언가 걸렸다.

"야, 뭐야?"

처음 유치장에 들어섰을 때 "넌 죄명이 뭐냐?"라는 질문을 던진 아줌마였다.

"뭐냐고. 남의 발 밟았으면 사과를 해야 할 것 아냐."

째려보고 있는 여자의 얼굴이 리나 자신과 닮아 보였다. 어쩌면 엄마보다 더.

"가시엉겅퀴라잖아."

입에서 나오는 대로 뱉은 리나는, 그 말이 마치 버튼이 된 듯되는 대로 말을 쏟아냈다.

"몰라? 누구든 닿기라도 할까 봐 몸 사리게 되는 꽃. 엄마든 아빠든 언니든, 조금이라도 찔릴까 봐 피해 다니는 거 보면 딱 맞잖아. 나도 필요 없다고. 내가 버릴 거라고! 가족 같은 거? 존나 역겨워. 다 꺼져버리라고 해!"

"저게 미쳤나? 어휴, 안 됐네. 새파랗게 어린 게 벌써부터 저 지경이라니."

유치장 안에 있는 여자들이 모두 이상한 눈으로 리나를 바라보았다.

리나는 귀를 틀어막고 고래고래 소리 지르며 울었다. 두 손으로 꽉 막은 귀로 자기 울음소리가 뭉툭하게 들려왔다.

한참 소란을 피우자 담당 형사가 리나를 불러냈다.

"형사님도 제가 더러워 보이시죠? 히히."

리나는 여기저기로 흩어지는 마음을 주워 담을 수 없었다.

"정말 미쳤냐?"

"차라리 미쳐버렸으면 좋겠어요."

"안 되겠다. 좀 안정이 필요하니까. 내일 다시 시작하자."

리나는 유치장으로 다시 들어가기 전 형사를 똑바로 쳐다보았다.

"다시 시작이라고요? 그 말이 내게도 해당 되나요? 형사님……."

사막에서 왈츠를

·

첫사랑

인천공항은 보이지 않는 열기로 가득했다. 여행의 설렘 때문인지 사람들의 얼굴도 빛났다. 하지만 티켓팅하러 간 아빠를 기다리는 해미의 표정은 시종일관 심드렁했다. 이대로 튈까. 사방을 두리번거리기까지 했다. 단체 여행을 떠나는지 커다란 여행 가방을 든 사람들이 삼삼오오 모여 웃고 떠들었다. 행복해 보이는 사람들 틈에서 해미는 왠지 기가 죽었다.

휴학계를 낼 때만 해도 해미는 당당했다. 쉬면서 길을 찾을 것이란 계획이 있었기에. 시간이 지나면서 모든 게 변했다. 만사가 귀찮았다. 해미는 꼼짝 않고 동굴 속에 칩거했다. 낮과 밤이 바뀐 나날의 연속이었다. 세수도 안 하고 끼니도 라면으로 때우다 보니 얼굴이 영 말이 아니었다.

"오늘도 핀둥핀둥 놀 거냐? 도대체 언제까지 엄마 속을 뒤집어놓을 건데?"

엄마의 쇳소리와 함께 전쟁이 시작되었다.

"남들은 야자도 모자라 과외다 학원이다 정신없는데. 도대체 대안학교마저도 못 다니겠다고 팽개치면 어쩔 건데? 너 땜에 창피해서 얼굴 들고 다닐 수가 없어. 엄마를 왜 이토록 비참하게 만드는 건지 이유나 알자. 응?"

엄마의 독설은 채찍보다 아팠다. 선인장 가시처럼 따가운 엄마의 눈이 해미를 노려보았다. 분을 못 이긴 엄마의 눈가는 파르르 떨렸다. 그럴 때마다 해미는 엄마가 두렵고 싫었다.

"나도 미칠 것 같다고. 대안학교는 다를 줄 알았는데 아닌 걸 어떡하냐고! 들러리나 하려고 가기 싫은 거 억지로 가서 시간 죽여야 해? 엄마, 나 좀 내버려둬요. 당분간만. 제발……."

해미의 새된 소리에 엄마의 사나운 눈길이 불을 뿜었다. 엄마의 양손이 해미의 뺨을 사정없이 후려친 건 찰나였다. 양쪽 뺨이 후끈거렸다. 양 뺨을 번갈아 때리고 난 뒤 엄마는 짐승처럼 처절하게 울부짖었다. 울고 싶은 건 해미인데 왜 엄마가 먼저 선수를 치는 건지 알 수 없는 일이었다.

"도대체 네가 부족한 게 뭐야? 원하는 것 다 해줬는데. 이유가 뭐냐고. 빗나가는 이유라도 알고 뒤통수를 맞아야지. 애써 키운 딸내미가 고등학교도 제대로 못 마치는 꼴을 봐야 해? 친척들한텐 뭐라고 말해!"

엄마의 절규는 이미 돌덩이가 된 해미의 마음에서 그대로 튕겨 나갔다. 엄마는 딸이 무슨 생각을 하는지, 얼마나 힘든지보다는 체면이 먼저였다.

"내가 널 어떻게 키웠는데…… 하나밖에 없는 자식이 이따위니 내 인생 이대로 망한 거겠지, 뭐."

엄마는 해미를 핑계로 '주부 폐업' 선언을 했다. 며칠 못가서 주방에서 악취가 났다. 밥통에는 말라비틀어진 밥풀이 덕지덕지 붙어 있었고 빨랫감에서는 쉰내가 났다. 발 디딜 틈 없이 어질러진 거실에는 뽀얀 먼지가 켜켜이 쌓여갔다.

신경정신과 선생님이 엄마에게 내려준 진단명은 우울증이었다. 엄마의 우울증이 깊어갈수록 집안 분위기는 어둠에 잠긴 도시처럼 스산했다.

엄마의 히스테리보다 더 견디기 힘든 건, 해미 자신이었다. 눈을 떠도 감아도 늘 암담했다. 어느 날, 새벽에 라면을 먹다 거울을 본 해미는 소스라치게 놀랐다. 자신의 몰골이 집 안 여기저기 널브러져 있는 마른 수건을 닮았기 때문이다.

"집안 공기가 왜 또 이래? 또 전쟁을 치렀나 보네. 완전 시베리아 벌판인 걸 보면……. 허구한 날 이러고 어찌 사나."

저녁에 들어온 아빠가 한숨을 쉬며 말했다. 엄마는 이불을 뒤집어쓴 채 들은 척도 안 했다. 해미는 일부러 책을 읽는 척했다. 아빠가 씻지도 않은 채 해미를 불렀다.

"다음 주에 아빠가 아프리카로 출사를 나가는데, 너도 같이 가자. NGO 단체 사람들이 많이 참여하는 여행이야. 너도 여러 사람 만나다 보면 기분전환이 될 테고, 엄마랑도 덜 부딪칠 테니……."

아빠는 특유의 걸걸한 목소리로 말했다.

"저 좀 내버려 두면 안 돼요? 아빠. 제 길은 제가 알아서 찾을게요."

"실은 엄마 주치의와 상담했는데, 엄마는 지금 자존감 장애를 느끼는 거란다. 너와 엄마가 잠깐 떨어져 있는 게 좋을 것 같다는 게 의사의 소견이야."

아빠는 일급비밀이라도 되는 듯 엄마를 흘끔거렸다. 아빠는 전 세계를 돌아다니며 촬영하는 사진작가다. 일 년의 반 정도는 바깥으로 돌아다니기 때문에 늘 손님 같은 존재다.

해미는 보헤미안 냄새가 물씬 풍기는 아빠가 꽉 막힌 엄마보다 훨씬 편하고 좋았다. 또 아빠가 돌아올 때마다 건네는 사진

첩도 좋았다. 특히 아프리카 밀림 지역을 오가며 찍은 '독초를 캐 먹는 아이' 사진에는 특히 눈이 갔다. 퀭하니 마른 몸에 맑은 눈동자만큼은 보석처럼 빛나는 아이들, 그 눈빛은 오래도록 해미 가슴에 남았다. 아빠가 사진첩을 보여줄 때하고는 또 다른 느낌으로, 신문이나 잡지에서 아빠의 글과 사진을 볼 때마다 어깨가 으쓱해지곤 했다.

하지만 이번 아프리카 여행은 선뜻 내키지 않았다. 걸음마 시작하면서부터 아빠와 여행을 많이 해 익숙하지만, 낯선 일이 아니라고 해서 언제나 편한 건 아니었다. 특히 요즘은 매일 벼랑 끝에 매달린 것처럼 불안하고 초조하다. 밤마다 가위에 눌릴 정도다. 그런데 여행이라니. 자신이 없었다.

"꼭 가야 해요? 괜히 아빠를 성가시게만 하게 될 것 같아서요."

아빠를 위해주는 척하며 가기 싫다는 마음을 내비쳤다. 그때였다. 방에 그림처럼 누워 있던 엄마가 벌떡 일어나 아빠에게 외쳤다.

"책임져! 당신이 맨날 자유, 자유 외쳐 대니까 딸도 그 모양인 것 아냐. 벌써 학교를 때려치우겠다 하질 않나, 제멋대로 살겠다는 게 지 아빠 닮아서 그런 거지 뭐. 당신 닮아서 그런 거니까 당신이 알아서 해. 어디든 데리고 나가요. 내 눈앞에서 안 보이면 그나마 숨통이 트일 것도 같으니까. 남들 다 학교 가는 시간에 방구석에 죽치고 앉아 있는 꼴을 보면, 속에서 부글부글 울화통이 치민다고!"

악다구니를 쓰는 엄마는 이성을 잃은 것 같았다. 아빠가 없는 집에 엄마랑 단둘이 있다가는 큰일이 일어날 것 같았다. 해미는 방에 들어가 조용히 가방을 쌌다. 그렇게 떠밀리듯 떠나는 여행이었다.

"좀 있으면 일행들 만날 거야. 우리 딸, 얼굴 좀 펴지. 아빠 체면 좀 세워줘라."

티켓팅을 마친 아빠가 농담처럼 말했다. 하지만 해미는 눈앞에 좋아하는 아이돌이 공항 패션을 하고 나타난다 해도 들뜬 마음이 안 생길 것 같았다.

잠시 후, 열댓 명쯤 되는 무리가 몰려왔다. 그중에 흑진주처럼 빛나는 여자가 눈에 확 띄었다. 까무잡잡한 피부, 훤칠한 키에 도톰한 입술이 눈길을 끌었다. 투박한 워커에 네이비 점퍼 차림이 잘 어울렸다.

여자 뒤에는 웬 남학생이 로봇처럼 서 있었다. 얼핏 보기에도 훤칠한 키에 다부진 어깨, 뚜렷한 이목구비가 눈에 확 띄었다.

'학기 중에 비행기 타러 오는 애가 나 말고 또 있네.'

놀랍기도 하고 반갑기도 했다.

아빠가 여자에게 다가가 악수를 청했다.

"나 작가님, 오랜만입니다. 잡지에 연재하시는 칼럼 잘 읽고 있습니다. 이번에 또 같이 일하게 되어 영광입니다."

"제가 할 말을 먼저 하시네요. 세계적인 사진작가님과 호흡을 맞출 기회를 또 얻다니 제가 감사할 일이죠. 이번에는 방송도 같이하게 되었으니 더더욱 영광입니다."

"여기 인사 드려. 나보라 작가님. 우리나라 최고의 여행 작가님이시고, 아빠랑은 작업 많이 하는 분이야. 지금은 NGO 단체 대사로 일하신단다."

"안녕하세요. 오해미입니다."

해미의 인사에 나 작가가 호쾌한 미소로 악수를 청했다.

"역시 오 작가님다우시네요. 따님과 여행을 다 하시고. 따님 눈빛도 예사롭지 않은데요. 아, 마침 잘됐네요. 저도 조카를 데려왔는데. 둘이 친구 하면 되겠네. 인사 드려."

남학생은 고개를 꾸벅 숙였다.

"나도경입니다."

"제 남동생 아들인데, 잠시 쉬는 중이라 데리고 왔어요."

나 작가의 말에 해미는 더욱 호기심이 생겼다.

'자퇴했나? 아님 나처럼……. 이유는 뭐지?'

당장이라도 묻고 싶지만 꾹 참았다.

"아프리카는 가봤니?"

나 작가가 다짜고짜 해미에게 물었다.

"처음입니다. 우리 딸이 휴학 중이라 억지로 데리고 왔는데 잘 따라다닐지 모르겠네요."

아빠가 대신 대답하며 껄껄 웃었다. 해미는 나도경이라는 남자애가 괜히 신경 쓰여 딴청을 부렸다.

"해미라고 했지? 좋은 기회가 될 거야. 견문도 넓힐 수 있고. 그래서 도경이도 데려온 거지. 조카지만 아들 같은 애거든."

나 작가는 거침없이 말하고 행동하는 사람 같았다. 나 작가의 말이 끝나자 도경은 해미를 향해 말없이 웃었다. 이상하게 가슴이 따듯해지는 미소였다.

긴 비행 시간 동안 도경은 자는 시간을 제외하곤 수시로 영화를 찾아보거나 스트레칭을 하는 등 분주했다. 해미는 어지러워서 내내 검은 안대를 하고 있었지만 눈을 감은 채로도 옆 좌석 도경의 일거수일투족이 훤히 느껴졌다. 어떻게 그리 쉴 새 없이 움직일 수 있는지 신기하게만 느껴졌다. 간혹 뭔가를 먹거나 화장실에 가려고 안대를 풀면 도경과 눈이 마주치곤 했다. 그럴 때마다 도경은 어딘지 어색한 웃음으로 눈인사를 했다.

인천공항에서 인도 뭄바이까지 여덟 시간, 뭄바이에서 벨기에까지 아홉 시간, 벨기에에서 시에라리온까지 아홉 시간을 가서 프리타운 공항에 내렸다. 공항은 작고 초라했다. 찜질방 온 것처럼 후텁지근한 날씨 때문에 숨이 막혔다. 제복 입은 공항 직원의 검은 얼굴을 보자 아프리카에 왔다는 실감이 났다.

도경은 공항에 내려서도 군인처럼 활기차게 움직였다. 눈을 감은 채 상상했던 것처럼 군더더기 없이 당당한 몸짓이었다.

일행과 함께 숙소에 짐을 풀러 올라가려는데 나 작가가 손을 흔들며 소리쳤다.

"하이! 오 작가님. 조카에게 시내 구경시켜 주려는데 같이 안 가실래요? 여행은 뭐니 뭐니 해도 많이 둘러보는 게 제일이잖아요."

해미는 어려서부터 귀에 딱지가 앉을 정도로 많이 듣던 말이지만 나 작가에게 듣는 느낌은 달랐다.

"좋죠. 준비하고 내려오겠습니다."

"아빠, 피곤한데 쉬면 안 돼요?"

해미는 숙소에 들어오자마자 아빠에게 매달렸다.

"기회는 자주 오지 않는 법. 일단 돌아다니면 기분전환이 될 걸. 멋진 남학생도 있겠다, 놓치기 아까운 시간 아냐?"

아빠는 짐을 내던진 채 해미를 데리고 프런트로 내려왔다. 이미 나 작가는 도경과 밖으로 나가는 중이었다.

"한 바퀴 돌려면 서둘러야 해요."

아빠와 나 작가는 씩씩하게 앞서 걸었다. 해미는 천천히 따랐다. 도경은 서울 시내를 걷는 듯 자연스럽게 뒤를 따랐다. 시에라리온의 수도인 프리타운 시내는 생각보다 화려했다.

"난 아프리카 하면 먼지 풀풀 날리는 사막이랑 맹수들 우글거리는 수풀만 상상했는데, 의외네."

도경은 해미에게 오래 만난 사람처럼 친근하게 다가왔다.

"그러게……."

해미는 한마디 간신히 하고 여전히 말없이 걸었다. 제법 높은 건물과 야자수 나무들이 이국적인 분위기를 더했고 간간이 비릿한 바다 냄새가 바람결에 실려 오기도 했다. 아빠의 사진첩에서 본 '독초를 캐 먹는 아이'는 보이지 않았다.

"프리타운은 말 그대로 '자유의 도시'야. 시에라리온은 아프리카에서 유일하게 가뭄도 없고 땅이 비옥한 나라인 데다 조금만 더 나가면 끝없이 펼쳐진 대서양도 볼 수 있어. 지도자만 잘만나면 세계 관광지가 될 수 있는 나란데……. 부패한 정치인들때문에 가난을 벗어나지 못하는 거지."

아빠가 마치 가이드처럼 설명했다.

"시에라리온은 지금 오랜 내전으로 인한 후유증이 심한 나라야. 노동 착취를 당하는 아이들도 많지. 우리가 여기 온 목적은 그 아이들의 실상을 촬영해 국내에서 모금 방송을 하는 거야. 나는 글로 발표하고 오 작가님은 사진으로 남기고."

이번에는 나 작가가 바통을 이어 설명했다.

저 멀리서 붉은 노을이 도경의 얼굴을 비췄다. 해미는 물끄러미 도경을 쳐다보다 눈이 마주쳤다. 도경이 한쪽 눈을 살짝 찌푸리며 웃었다. 해미는 가슴이 콩닥댔다.

"일단 시내 분위기는 대충 봤으니까 들어가서 쉴까요?"

모퉁이 가게에서 나 작가가 아이스크림을 한 개씩 사서 건넸다.

"힘들지 않아?"

도경이 해미에게 물었다. 아이스크림만큼 달짝지근한 말투였다.

"괜찮아."

해미는 자기도 모르게 큰 목소리로 말했다. 그런 해미를 보며 도경이 활짝 웃었다. 왜 웃는지 모를 일이었다. 바보가 된 기분에 해미는 보폭을 더 크게 해 성큼성큼 앞질러 갔다.

한참을 걸어 숙소까지 걸어오며 아프리카의 밤을 맞았다.

"내일 봐!"

도경의 인사에 해미는 고개를 쌩 돌리는 걸로 대답을 대신한 뒤 방으로 들어왔다. 침대에 눕자마자 곯아떨어진 아빠와 달리 해미는 쉽게 잠이 오지 않았다. 도발적인 도경의 눈빛이 아른거렸다. 뒤척이다 새벽에 잠이 들었는가 싶은데 아빠가 흔들어 깨웠다.

이른 아침, 사람들이 분주히 움직이고 있었다. 시내에서 렌트한 차에 촬영 장비만 싣고 생필품은 일행이 타는 트럭에 실었다. 뒤이어 방송 차가 뒤따랐다.

"작가님, 신세 좀 지겠습니다. 도경아, 얼른 타."

나 작가가 여행 가방을 아빠 차에 실으며 도경을 향해 소리쳤다. 도경을 가운데 두고 양옆에 나 작가와 해미가 앉았다.

"출발! 사막을 향해 갑니다. 안전벨트 꼭 매고요."

아빠는 소풍 나온 아이처럼 들뜬 목소리로 말한 뒤, 달렸다. 온통 흙길이었다. 시내를 벗어난 지 채 한 시간도 안 되어 완전 다른 세상이 펼쳐졌다. 문명과 비문명의 세계가 공존하는 것 같았다.

"흡!"

롤러 보드를 타는 것처럼 차가 출렁댔다. 차가 움직일 때마다 엉덩이가 들썩이며 부딪쳤다. 아팠다. 고요히 창밖을 내다보던 도경도 간혹 앓는 소리를 냈다.

차창 밖을 스치는 마을은 아빠의 사진첩에 들어 있던 풍경과 비슷했다. 나무 등걸이나 바나나 껍질로 얼기설기 만들어놓은 움막, 사방 어디를 보아도 물이라곤 찾아볼 수 없는 메마른 땅이었다. 울타리조차 없는 집 앞에 쪼그리고 앉아 있는 아이들은 유난히 입술이 새까맸다. 저 아이들도 독초를 먹은 걸까. 궁금했지만 꾹 참았다. 구걸하는 아이들은 검은 입술로 연신 웅얼거렸다.

"Give me eat!"

"Give me eat!"

해미는 무엇이라도 주고 싶어 주머니를 뒤졌지만 아무것도 없었다. 안타까워 발을 동동 굴러도 아빠는 묵묵히 운전만 했다. 나 작가도 마찬가지였다.

"아빤 아이들이 불쌍하지도 않아?"

"아무리 불쌍해도 돌발 행동은 금물이야. 여기선 개인적으로 도와주다간 큰일 나. 주민들이 서로 받겠다고 아우성을 치는 바람에 깔려 죽은 봉사자도 있거든. 질서 있게 움직여야 하니까 기다려."

아빠가 담담하게 말했다. 원주민들은 아우성을 치며 손을 내밀었다. 눈빛이며 몸짓이 필사적이었다. 해미는 일부러 창밖을 내다보지 않았다. 하지만 너무 더워 창문을 열지 않을 수 없었다. 창문을 열자 뿌연 먼지가 밀물처럼 몰려들어 왔다. 목이 따끔거리고 아팠다. 창밖에서 뿜어 들어오는 지열로 얼굴이 후끈거렸다. 도경도 연신 수건으로 얼굴을 닦았다. 나 작가는 오지 여행을 많이 해본 내공이 있어선지 느긋했다.

"아빠, 너무 끈적거려. 얼마나 더 가야 해?"

아빠는 대꾸도 않고 달렸다. 짜증이 났지만 어쩔 수 없었다.

돌과 모래로 된 사막을 건너 산으로 들어가자 막사가 보였다. 막사는 하얀 조개껍데기로 지은 집 같았다. 바닷가의 등대를 만난 것처럼 반가웠다.

"이미 방송국 선발팀이 와서 만반의 준비를 해놓았을 거다."

아빠도 힘이 들었던지 맥없이 말했다.

드디어 막사에 도착했다. 해미는 자동차에서 내려 기지개를 켰다. 그러곤 사람들이 모인 곳으로 갔다. 가슴팍에 명찰을 단 방송국 스태프들이 분주히 움직였다. 본부석인 막사 앞에는 태극기와 방송국 깃발이 꽂혀 있었다.

"오 작가님, 반갑습니다. 어? 예쁜 따님과 동행하셨군요."

"인사 드려라. 이번 프로젝트 총지휘를 맡은 팀장님이시다."

"오해미입니다."

"반갑다."

해미가 고개 숙여 인사하자 팀장이 어깨를 툭툭 치며 웃었다.

"팀장님. 얼굴이 벌써 시커멓게 그을렸네요. 도착하신 지 오래되었나 봐요."

나 작가가 도경의 어깨를 잡고 나타났다.

"일주일 전에 들어왔습니다. 근데 누구?"

팀장이 도경을 바라보며 물었다.

"제 조칸데 잠시 학교를 쉬고 있어서 데리고 왔어요. 민폐 끼쳐 드릴까 걱정입니다."

"우리야 뭐 괜찮지만, 여기 환경이 워낙 열악한 게 걱정이지요."

"그런 거라면 신경 쓰지 마세요. 워낙 적응이 빠른 애라서."

분주히 일하던 스태프들도 잠시 일손을 놓고 반갑게 맞아주었다. 아프리카 깊은 산속에서 한국 사람을 만나니 기분이 묘했다. 인사를 마친 뒤, 팀장이 정해준 막사 안으로 들어섰다. 막사 안은 불가마가 따로 없었다.

"휴우."

해미는 곧바로 토하듯 숨을 내쉬며 막사 밖으로 나왔다.

"질식해 죽을 것 같아요."

해미는 아빠에게 투덜댔다. 아빠는 다른 사람들과 이야기를 나누느라 바빴다. 한국을 벗어난 낯선 공간에서 아빠는 물 만난 고기 같았다.

"해미라고 했나? 여기선 막사 안이 포근한 이불 속처럼 느껴져야 견딜 수 있으니까 빨리 적응하도록 해. 하하."

팀장은 웃으라고 한 말 같았지만 해미는 농담할 기분이 아니었다.

"물 좀 주세요."

"찬물은 없는데. 이 물이라도 좀 마셔봐."

팀장이 건넨 물은 안 먹는 게 나을 뻔했다. 오줌처럼 미적지근했다. 그늘을 찾아 막사 뒤편으로 갔다. 샌들을 신었는데도 발바닥이 뜨거웠다. 햇살이 바늘로 찌르는 것처럼 따가웠다. 양철 지붕 위의 고양이처럼 온몸을 움츠렸다. 셔츠가 땀에 젖어 끈적거렸다. 어쩌다 불어오는 바람도 후텁지근했다. 조금 더 뒤로 가봤지만 삭막한 돌밭일 뿐 풀 한 포기 보이지 않았다. 갈증이 났다. 얼음 동동 띄운 찬물이 너무나 그리웠다.

"너무 덥다. 이런 곳에 사람이 살다니."

어느새, 도경이 다가와 혼잣말을 했다.

"여긴 왜 왔어? 나야 아빠한테 코 꿰서 왔지만……."

해미는 투덜거리며 물었다.

"그냥, 나를 시험해보고 싶었어."

도경이 씩씩하게 말했다. 해미는 문득 말문이 막혀 도경을 바라보던 시선을 거두어 사람들을 살폈다. 나 작가는 어느새 여장

군처럼 여기저기를 휘젓고 다녔다. 도착 방송을 찍는 것 같았다. 카메라 아저씨들이 땀을 뻘뻘 흘리며 나 작가의 움직임을 뒤쫓아 다녔다. 무거운 카메라를 들고 다니면서도 발걸음은 가벼워 보였다. 연신 셔터를 누르는 아빠는 그 어느 때보다 자유로워 보였다.

조용하던 오지 마을이 갑자기 영화 촬영장이 된 것처럼 활기가 넘쳤다. 나 작가는 사람들과 일일이 악수를 하며 이야기를 나누었다.

"대단한 체력이네. 너희 고모, 아니 나 작가님."

"우리 고모는 불도저야. 이틀 밤을 새도 끄떡없어. 결혼도 않고 혼자 여기저기 돌아다니면서 점점 더 단단해졌나 봐. 고모는 나한테도 맨날 강해지라고 해. 날 어디든 데리고 다니는 이유도 바로 그거고."

말을 한 번 붙일 때마다 도경은 기다렸다는 듯 술술 답했다.

"물을 많이 마셔야 한대, 사막에서는."

"고마워. 근데 너도 학교 안 다녀?"

해미가 건넨 물을 한 모금 마신 뒤, 도경은 궁금하다는 듯 눈을 크게 뜨고 물었다.

"응. 휴학했어. 내가 잘하는 게 뭔지도 모르겠고, 하고 싶은 것도 없고……. 그래서 그런 건데 이렇게 오랫동안 쉴 줄은 몰랐어. 그땐 분명한 이유가 있어서 휴학한 건데 지금은 길을 잃은 기분이야."

"넌 왜?"

이번에는 도경의 답을 들을 차례였다.

"난 축구 선수였어. 초등학교 4학년 때부터 빡쎄게 훈련받았지. 고등학교도 특례로 들어갔는데 운동하다 크게 다쳤어. 상대 선수가 발로 차서 갈비뼈가 부러졌거든. 지금 뼈는 붙었는데 간혹 숨쉬기 힘들 때가 있어. 병원에서는 원인을 모르겠다고 하고. 어려서부터 수업을 너무 빼먹어서 교실에 앉아 있으면 이방인 같았어. 알아들을 수 있는 말이 거의 없었지. 잠시 쉬면서 생각 좀 하려고. 다시 운동을 할지 다른 길을 찾아야 할지……."

"나랑 같네. 난 아빠랑 여행을 자주 다녔어. 다른 애들처럼 학원 다니며 선행 학습을 해본 적도 없고. 중학교까지는 그런대로 견딜 수 있었는데, 고등학생이 되면서는 도무지 따라갈 수 있는 과목이 없었어. 학교에 가면 외국에 온 기분이었지. 때려치우고 대안학교에 갔는데, 거긴 또 너무 질서가 없어. 주어진 자유를 어떻게 활용할지 막막했어. 그래서 휴학하게 된 거야. 학교를 꼭 다녀야 하는 걸까?"

해미는 모처럼 가슴속에 있는 이야기를 다 쏟아놓고 나니 속이 후련했다. 도경도 마찬가지인 듯, 편안한 얼굴이었다.

뒤따르던 트럭과 방송 차가 도착하자 사막에는 어둠이 짙게 드리웠다. 어디선가 맹수가 나타날 것처럼 으스스했다. 스태프들은 미리 준비한 도시락을 나눠주었다.

"오늘은 일단 쉬기로 하고 내일 일찍 움직이겠습니다. 해산!"

"내일 봐요. 도경아, 들어가자."

나 작가가 대형 막사로 들어가자 사람들도 일제히 제자리로 돌아갔다.

"잘 자. 몸조리 잘하고."

해미는 걱정스레 말했다.

"네 걱정이나 해. 이래 봬도 난 운동으로 다져진 몸이라고."

도경이 허리를 곧추세워 보이며 말했다. 해미는 씨익, 웃으며 막사로 들어왔다. 너무 더워 도시락에 손이 가지 않았다. 그냥 누웠다. 뜨끈했다. 끈적거리는 몸을 뒤척거리다 간신히 잠이 들었다. 아침에 눈을 떠보니 아빠도 피곤했는지 카메라 가방을 풀지도 않은 채 잠들어 있었다.

새벽인데도 공기는 여전히 후텁지근했다. 서울의 열대야만큼이나 끈끈한 아침이다.

"오늘부터 본격적인 일정 시작이야. 좀 힘들 거다. 음식 안 맞아도 든든히 먹고. 아빠가 일일이 챙겨주지 못하니까 네가 알아서 잘 먹고 잘 따라다녀야 해."

"아빠는 나한테 아무 관심도 없는 것 같던데요, 뭐."

해미는 통명스럽게 말했다.

"아빠는 일이니까 그렇지만 난 뭐예요?"

"우리 딸. 단단히 화가 난 모양이네. 그동안 편했지 뭐. 이 사막에서 한 달만 견뎌봐. 혼자 오지 여행 왔다고 생각하면 뭔가 보일지도 몰라. 아빠 의지할 생각 말고."

아빠의 말을 듣고 나니 당장이라도 서울로 돌아가고 싶었다.

"시원한 방에서 책이나 읽을걸. 괜히 따라왔어."

"이제 와서 무를 수도 없고 어쩌겠냐. 혼자라도 집에 갈래?"

"하, 짜증. 그런 무책임한 말이 어딨어요. 난 아빠만 믿고 따라 왔는데……."

"떼쓰는 건 여기까지."

해미가 신경질을 내자 아빠는 그만하라는 듯 짐짓 굳은 얼굴로 해미의 말을 막았다.

"식사 시간이 앞당겨졌습니다. 막사 안의 모든 짐을 싸서 신속히 나오시기 바랍니다."

남자 스태프가 손 마이크를 하고 다니며 외쳤다. 해미는 마지못해 짐을 싸 들고 막사 밖으로 나왔다. 일행은 이미 떠날 채비를 하고 있었다. 나 작가는 본부석 앞에서 스태프들과 이야기를 나누다 해미에게 알은체를 했다. 도경은 기지개를 켜며 스트레칭을 하고 있었다.

"하이, 해미, 잘 잤어? 좋은 하루!"

나 작가가 경쾌하게 손을 흔들었다. 해미는 간단한 목례로 인사를 대신했다. 뭐가 저리 신날까. 팔딱거리는 생선처럼 생동감 넘치는 모습이 볼 때마다 참 경이로웠다. 아빠는 무거운 짐을 든 채 그쪽 일행에 합류했다.

아침 식사가 끝나자 팀을 나누어 이동이 시작되었다. 자동차도 다닐 수 없는 오지 중의 오지였다. 맹수만 없을 뿐 사막이 갖춰야 할 모든 악조건은 다 갖추고 있었다. 간신히 방송 장비만 경비행기에 실어 보내고 일행은 모두 걸었다.

'이걸 한 달 내내 해야 한다니, 죽었다.'

해미와 도경은 나 작가의 조에 끼여 동행하게 되었다. 나 작가는 등에 큰 배낭을 짊어지고 양손에 또 다른 짐을 들고도 힘든 내색 없이 걸었다. 해미는 몇 끼나 굶은 사람처럼 힘겹게 뒤를 따라갔다.

도경은 축구 선수답게 해미보다 훨씬 잘 걸었다.

"벌써 뒤처지면 안 되는데 큰일이네. 도경아, 네가 해미 좀 데리고 와. 고모는 오 작가님과 보조 맞추면서 촬영도 해야 하고 정신이 없거든."

나 작가는 도경에게 해미를 맡긴 채, 저벅저벅 앞장섰다.

"우리, 그냥 돌아간다고 하면 안 될까? 상상했던 것보다 훨씬 힘들어."

해미는 도경도 맞장구쳐줄 거라 믿으며 말했다.

"안 돼. 여기서 어떻게 돌아가. 좀 참고 천천히 가보자."

도경의 태도는 의외로 단호했다. 해미는 할 수 없이 내키지 않는 걸음을 옮겼다. 이러다 죽을 수도 있겠다 싶을 정도로 힘든 순간에도 걷는 걸 멈출 수 없었다. 일행에서 낙오되면 진짜 죽을지도 몰랐다.

태양은 머리 위에서 지글거렸고, 바람 한 점 없는 길을 하염없이 걸어야 했다. 얼굴엔 땀이 비 오듯 흘러내렸다. 눈이 따가웠다. 뭣보다 괴로운 건 발걸음을 옮길 때마다 발이 모래 속으로 푹푹 빠지는 것이었다. 이러다 온몸이 빨려 들어가는 것만 같았다.

죽음의 행진은 끝이 없었다. 해미는 이를 악물고 걸었다. 사막을 건너는 동안 간간이 물웅덩이가 보였다. 궁금했지만 그냥 지나쳤다.

새벽에 출발했는데 점심때가 되어서야 작은 마을 하나가 눈앞에 나타났다. 마을로 조금 더 깊숙이 들어가 보니 작은 냇가가 보였다. 오아시스였다. 스태프들이 일제히 소리를 질렀다. 일행은 넓은 바다를 만난 것처럼 흥분했다. 해미도 도경을 따라 배낭을 벗어놓고 물속으로 첨벙 뛰어들어갔다. 스태프들도 하나둘 따라 들어왔다.

"이 물은 절대 마시면 안 됩니다. 감염될 위험이 많으니 각별히 조심하셔야 합니다. 원주민의 종아리에서 기생충 기어 나오는 것 보셨지요? 바로 이 물을 먹고 감염되었기 때문입니다."

팀장이 격앙된 목소리로 말했다. 해미는 팀장의 말을 듣는 순간 온몸에 오소소 소름이 돋았다. 언젠가 티브이에서 봤던 장면이 떠올랐다. 스멀스멀, 마치 몸에서 벌레가 기어 나올 것만 같았다.

"앗, 징그러워."

해미는 팔뚝을 마구 비비며 물 밖으로 뛰어나왔다. 도경도 슬금슬금 밖으로 나왔다.

걷고 또 걸었다. 사막으로 둘러싸인 버덩에 작은 마을이 나타났다 사라지곤 했다. 간간이 뿌려진 모래가 햇빛에 반사되어 은빛으로 반짝였다. 어울리지 않게 몽환적인 느낌이 들었다. 마을은 마냥 평화로워 보였다. 먹을 게 없어 마을을 떠난 사람이 많다니. 믿어지지 않았다.

일행은 땡볕에 앉아 간단히 점심을 먹고 마을 깊숙이 자리 잡은 광산을 찾아 나섰다. 해미는 다리가 끊어지는 것처럼 아팠다. 그러나 일행 중 누구도 불평하는 사람이 없었다.

"쉬었다 가자."

해미는 도경에게 애원하듯 매달렸다. 아빠와 나 작가는 보이지도 않았다. 원망스러웠다.

"그래. 조금 쉬면 나을 거야."

해미는 주위를 둘러보았다. 작은 나무라도 보이길 갈망하면서. 아무리 눈을 씻고 보아도 그늘이 될 만한 나무는 보이지 않았다. 할 수 없이 모래 더미 위에 주저앉았다.

"이러다 우리만 뒤처지면 어떡하지. 운동할 때도 그랬어. 힘들수록 앞서 달려야 그나마 낫거든."

도경이 운동 코치처럼 말했다.

"너 먼저 가. 나 혼자 갈 테니까."

해미는 볼멘소리로 중얼거렸다. 그러자 도경은 가방에서 뭔가를 꺼냈다.

"이거 마셔봐. 운동하다 지칠 때 마시는 음료수야. 힘이 될 거야."

"너나 마셔."

"후회하지 말고 마셔."

"조금만 더 쉬자."

해미는 한 발짝도 뗄 수 없을 만큼 온몸이 무거웠다.

"지금 쉬면 안 될 것 같은데. 이것 좀 마시고 힘내보면 안 될까? 사람들이 우리가 뒤쫓아오는 줄 아나 봐. 아무도 뒤돌아보는 사람이 없어."

앞선 사람들의 모습이 개미처럼 작아지고 있었다. 해미는 다급한 마음에 갑자기 일어나려다 다시 풀썩 주저앉고 말았다. 도경이 쭈그리고 앉아 눈높이를 맞추어 말했다.

"힘내. 조금씩이라도 걸어야 해."

해미가 다시 다리에 힘을 주며 안간힘을 써봤지만 일어서기조차 힘들었다.

"잠깐 실례 좀 할게."

도경은 문득 눈을 마주치는가 싶더니 곧장 해미 종아리를 감싸 쥐었다. 그러곤 조심스레 손에 힘을 주면서 조금씩 주물렀다. 놀랄 틈도 없이 벌어진 일에 해미는 움찔, 다리를 빼려다 말았다. 기분이 나쁘지만은 않았다.

"근육이 놀란 건지도 몰라. 이렇게 주물러서 풀어주면 조금씩이라도 걸을 수 있을 거야."

축구하면서 배운 마사지인가. 손놀림이 서툴지 않았다. 다시 일어서서 발을 내디뎌보니 다행히 조금은 걸을 수 있었다. 도경이 자기 팔을 내밀며 잡으라는 눈짓을 했다. 마치 숙녀에게 춤을 신청하는 영국 신사처럼 예의 바른 자태였다. 해미는 도경

팔에 자기 손을 가볍게 얹었다.

"좀 더 꽉 잡아도 돼."

도경의 말에 해미는 문득 정신이 들었다. 지금 도경의 댄스 파트너가 된 게 아니다. 부축받는 신세였다.

"미안해. 괜히 나 땜에……. 아빠한테 전화해서 데리러 오라고 해볼게."

해미는 휴대폰을 꺼내 아빠 번호를 눌렀다. 의미 없는 행동이었다. 깊은 오지라 전화는 불통이었다. 해미는 땀으로 범벅이 된 머리를 쓸어올리며 하늘을 올려다보았다. 어느새 어둠이 내려오고 있었다. 앞선 일행의 모습은 이제 전혀 보이지 않았다.

"이러고 있을 때가 아냐. 사막에서는 날씨가 어떻게 변할지 몰라."

도경의 발걸음이 급해질수록 해미의 스텝은 자꾸 엉켰다. 사막 모래를 딛는 발바닥은 뜨거웠고 다리는 무거웠다.

"미안. 내가 좀 빨랐지?"

도경이 해미의 발에 맞춰 한 발 한 발 차분히 디뎌주자 쿵짝짝, 쿵짝짝, 삼 분의 일 박자로 연주되는 왈츠를 함께 추는 것 같았다. 그에 맞춰 해미의 심장도 엇박으로 뛰었다.

"조금만 더 힘내자."

한참 걷는데 먼 앞에서 누군가 다가오는 게 보였다.

"없어져서 다들 걱정했어. 어휴, 많이 힘든가 보네. 어쩌지?"

헛것을 보는 건 줄 알았지만 남자 스태프 중 한 명이었다. 그는 해미의 상태를 살핀 뒤 비타민 음료를 건넸다.

"딸이 이렇게 힘든 줄도 모르고, 연락이 안 되는 걸 보면 오 작가님은 이미 광산에 도착한 것 같던데. 그나마 도경이가 있어서 다행이네."

남자 스태프와 도경은 해미를 거의 끌다시피 밀고 당기며 앞으로 나아갔다. 사막을 걷는다는 것은 상상보다 훨씬 힘들었다.

어느새, 칠흑 같은 어둠이 찾아왔다. 기진맥진, 온몸에 아예 감각이 없어졌을 때쯤 시커먼 물체가 눈앞에 나타났다. 망해버린 궁전처럼 흉물스러운 건물이었다. 그 앞에서 나 작가 곁으로 사람들이 몰려 있었다. 방송 촬영 중인 듯 고요한 가운데 분주했다. 아빠도 연신 셔터를 누르느라 바빴다.

도경은 여전히 해미가 걱정되는지 팔을 잡은 손을 놓지 않았다. 해미는 혼자 서 있을 수 있었지만 뿌리치지 않았다.

"여기가 광산입니다. 저 안에서 다이아몬드를 선별하는 작업을 하고 있습니다. 이곳에서 캔 다이아몬드가 전 세계로 팔려나가는 거지요. 문제는 아이들의 노동력을 갈취한다는 점입니다. 우리가 여기에 온 목적도 아이들을 구하기 위해서입니다."

해미는 처음 듣는 말이라 놀라웠다. 일행은 이미 알고 있는 사실인지 담담한 표정이었다. 잠시 후 나 작가와 팀장이 앞서서 안으로 들어갔다. 일행은 그 뒤를 따랐다. 나 작가는 광산의 팀장인 듯한 흑인 남자와 뭔가 심각하게 이야기를 나누었다. 둘은 약간의 실랑이를 벌인 뒤, 유유히 안으로 들어갔다.

"나 작가님, 꼭 어떤 영화에서 전쟁고아들 도와주던 안젤리나 졸리 같아. 정말 멋지다."

"다리는 진짜 괜찮아?"

도경이 걱정스러운 눈빛으로 물었고, 해미는 모두 제 몸 챙기기 바쁜 중에 아빠보다 더 자신을 걱정해주는 도경이 고마웠다.

일행을 따라 어두컴컴한 동굴로 들어가자 놀라운 광경이 눈앞에 펼쳐졌다.

입술은 물론 온몸이 새까만 아이들이 흙탕물 앞에 올망졸망 앉아 있었다. 아이들 얼굴에는 핏기가 전혀 없었다. 아이들은 물속에서 무슨 일인가를 열심히 했다. 해미는 도경 곁에 바짝 붙어서 촬영 팀을 따라 아이들 곁으로 다가섰다.

남루한 차림의 아이들은 금방이라도 쓰러질 것처럼 바싹 야위고 눈도 퀭했다. 아빠의 사진첩에 있던 '독초 캐 먹는 아이'는 여기에 있었다. 아이들은 살아 있는 것처럼 보이지 않았다. 말라 비틀어진 꽃처럼 조금이라도 건드리면 바삭, 하고 부스러져

버릴 것만 같았다.

회초리를 들고 아이들 곁을 어슬렁거리던 남자가 불쾌한 표정으로 일행을 흘끔거렸다.

"저렇게 흔들다 보면 다이아몬드 알맹이가 밑으로 떨어진다고 합니다. 원시적인 방법으로 다이아몬드를 고르는 작업을 하는 중이지요. 저 아이들 몸을 한번 살펴보세요."

나 작가가 힘주어 말했다. 나 작가가 가리키는 쪽으로 눈길을 돌렸다. 아이들 온몸에 좁쌀만 한 종기들이 바닷가 따개비처럼 붙어 있었다. 그 모습을 보는 순간, 해미는 온몸에 소름이 돋았다. 도경도 고개를 푹 숙이며 한숨을 쉬었다.

"고작 하루 한 끼 얻어먹으면서 흙탕물에서 중노동을 하다 보니 피부가 망가지고 있는 것이지요. 웅덩이에서 독성이 흘러나온답니다. 진물로 전염이 된다고 믿기 때문에 일반인들은 아이들 몸에 절대 손을 대지 않습니다."

설명을 듣던 사람들 입에서 탄식하는 소리가 흘러나왔다.

아이들은 웅덩이에 들러붙어 일을 하면서도 연신 흥얼거렸다. 노래를 부르는 것 같기도 하고 절규를 하는 것 같기도 했다.

"무슨 노래를 부르는 거죠?"

해미는 옆에 있는 스태프에게 물었다.

"뜻을 알면 더 슬픈 노래야."

그가 말해준 노래 가사는 이랬다.

여기가 살 만한 곳처럼 보이시나요. 여기가 어떤 곳인 줄 아시나
요. 배가 고파요. 먹을 걸 좀 주세요.

"장송곡처럼 들린다."

도경이 혼잣말을 했다. 잠긴 목소리였다.

"모두 쓰러질 것 같아. 배고픈가 봐. 얼른 먹을 것 좀 주지. 촬
영이 우선인가?"

해미는 나 작가를 둘러싼 사람들을 보며 말했다. 가만히 보니
나 작가는 광산 책임자로 보이는 사람과 이야기를 나누고 있었
다. 뭔가 팽팽한 말들이 오가고 있는 것 같았다. 아빠도 나 작가
의 일거수일투족을 찍느라 정신이 없었다.

잠시 후, 나 작가가 흙탕물 속에서 일하는 아이의 손을 잡으
며 무슨 말인가 건넸다. 해미를 데리러 왔던 스태프가 조용히
통역을 해주었다.

"우리는 너희가 가족이 진 빚 때문에 여기서 일하는 줄 알고
왔어. 너는 빚이 얼마나 되니?"

"아빠가 병원비로 500불을 빌렸어요."

나 작가의 물음에 검은 입술이 눈망울을 깜빡이며 대답했다.

해미는 머릿속으로 500불이면 얼마인지 계산해보았다. 어림잡아 50만 원 정도 될 것 같았다. 50만 원 때문에 노예처럼 살다니.

"잠시 기다려. 총책임자랑 지금 협의 중이니까. 곧 네 빚 갚아줄게."

여자는 검은 입술만이 아니라 함께 일하는 아이들 손을 일일이 잡아주며 물었다. 그때였다. 총책임자인 듯한 남자가 아이들을 향해 기다란 회초리를 휘두르며 으름장을 놓았다.

"누가 작업 중에 딴청 피우라고 했어!"

급기야 책임자는 검은 입술에게 채찍질을 가했다. 해미는 자신이 맞는 것처럼 온몸이 저릿해졌다. 도경도 얼굴이 굳었다. 책임자는 일부러 험악한 분위기를 만들어 이곳에 온 사람들을 위협하는 것 같았다. 팀장과 나 작가가 나서서 말려보려 했지만 별 소용이 없었다.

"우리 단체에서 광산 대표에게 미리 연락을 드렸는데요. 못 들으셨나요? 아이들의 빚을 갚아주는 대신 자유를 준다는 답을 받고 왔습니다. 대표에게 당장 연락해보세요."

나 작가의 목소리에 힘이 넘쳤다. 눈빛도 형형하게 빛났다. 책임자가 갑자기 어딘가로 사라졌다. 흙탕물에서 작업을 하던 아이들이 잔뜩 겁을 먹은 얼굴로 일행을 바라보았다. 광산 안에 긴장감이 감돌았다.

한참 시간이 지난 뒤, 총책임자가 나타나 소리를 질렀다.

"지금 대표님이 안 계십니다. 돌아가세요. 나는 모르는 일이
니……."

"일단 오늘은 철수해야겠습니다. 내일 다시 광산의 대표를 직
접 만나야 해결될 것 같네요. 돌아갑시다."

팀장이 기진맥진한 목소리로 말했다. 일행은 패잔병처럼 오
던 길을 다시 돌아왔다. 임시 본부석으로 돌아오는 동안 아무도
말을 꺼내지 않았다. 도경은 다리를 질질 끌며 일행을 따르는
해미 곁을 떠나지 않았다.

사막에서는 어둠이 빨리 찾아왔다. 막사에 돌아와서도 어른
들은 모여서 회의를 하느라 바빴다. 특히 아빠는 해미가 동행했
다는 사실조차 잊은 것 같았다. 해미도 더는 무심한 아빠가 섭
섭하지 않았다.

해미와 도경은 나눠준 도시락을 들고 어둠 속을 천천히 걸었
다. 어차피 막사로 들어가도 잠이 올 것 같지 않았다. 사막 전체
가 검은 물감을 칠해놓은 듯 깜깜했다. 바람에 소금기가 묻은
듯, 짠맛이 났다.

"멀리 가지 말고 여기 앉아 먹자."

도경이 먼저 자리를 잡은 뒤 모래 더미를 만들었다. 해미는

모래 더미 위에 앉긴 했지만 도시락은 펼치지 않았다. 입에서 모래알이 서걱거리는 것처럼 입맛도 없고 힘들었다.

"조금이라도 먹어. 이거라도 먹지 않으면 견디기 힘들 거야. 난 고모랑 약속했어. 사막에서는 무조건 잘 먹고 잘 자기로. 너도 그래야 할 거야."

"나 작가님은 베스트셀러 작가에 방송도 많이 하면서 왜 이렇게 험한 곳엘 다니는 건데?"

해미는 공항에서부터 궁금했던 질문을 불쑥 던졌다.

"우리 고모도 처음에는 호기심으로 다녔다나 봐. 그러다 아이들을 만나게 됐고, 지금은 아예 기아 구호 단체의 홍보부장을 맡고 있잖아. 자유롭게 살기 위해 비혼을 선언한 고모가 아이들에게 이렇게 사로잡힐 줄은 몰랐어. 그래도 난 늘 고모가 자랑스러워."

도경이 고모를 얼마나 좋아하는지 목소리만으로도 느낄 수 있었다.

"오늘 다이아몬드 캐는 아이들 보면서, 내가 엄청 쓸모없는 사람처럼 느껴졌어."

해미는 가슴 깊은 곳 속내를 털어놓았다.

"나, 너무 편하게 산 것 같아. 50만 원 못 갚아서 저렇게 갇혀 사는 애들도 있는데. 난 작년만 해도 패딩 안 사준다고 엄마한테 짜증 부렸으니까."

"와아, 나도 비슷한 생각했는데. 실은 사고 나서 병원에 있으면서 이대로 영영 운동을 못하게 되는 거 아닌가 싶어 자포자기하게 됐거든. 퇴원하고 나서도 학교도 안 가고 계속 게임만 했고……."

도경은 말끝을 흐리며 먼 곳으로 시선을 돌렸다. 자포자기라니, 도경과 전혀 어울리지 않는 말이었다. 하루 만에 엄청 가까워진 것 같아도, 해미는 도경에 대해 아는 것이 얼마 없었다. 더 많이 알고 싶었다. 그래서 자기 이야기를 더 털어놓았다.

"넌 다쳐서 그런 거잖아. 난 더 엉망이었어. 학교도 내 입맛에 맞는 데만 찾았고. 이것도 싫다, 저것도 싫다 하면서 어디로 갈지 도무지 알 수 없었어. 엄만 지치다 못해 우울증까지 걸렸는데 아빠는 무조건 괜찮다는 말만 하고. 중간에서 갈팡질팡 더 헤맨 것 같아."

해미와 도경은 고백 성소에 나온 신자처럼 가슴에서 터져 나오는 말들을 그대로 내뱉었다. 그때였다. 검은색 물감을 칠한 것 같은 하늘에서 해처럼 밝은 별똥별이 떨어졌다. 신비로웠다. 해미는 아빠와 히말라야 설산 밑에서도 별똥별을 보았지만 지금과는 분명 달랐다.

해미가 넋을 놓고 있는 동안 도경은 뭔가 불안정해 보였다.

뭔가 생각났다는 듯 자리에서 갑자기 우뚝 일어서더니 한참 숨을 고르고는 다시 앉았다. 그러다 갑자기 해미의 손을 잡았다. 잡았다기보다는 움켜쥐었다는 표현이 맞을 만큼 으스러질 듯 세게.

그러곤 해미 입술에 자기 입을 맞추었다.

"읍?"

해미 입에서는 감탄사도 아니고 그렇다고 말도 아닌, 물음표 가득한 소리가 나왔다.

첫 키스는 상상했던 것만큼 달콤하거나 감미롭지는 않았다. 다행히 어둠 속이라 후끈 달아오른 얼굴을 들키지 않아도 됐다. 조심스럽게 도경의 숨결을 더듬어보았다.

"......."

잠시 침묵이 흘렀다. 칠흑 같은 어둠과 어울리는 침묵이었다. 고르지 않은 숨소리. 아니, 어쩌면 숨을 고르는 소리인지도 모른다. 백 마디 말보다 더 많은 것을 느낄 수 있는 소리였다.

"막사에 가보자. 회의 끝났겠다."

도경이 어색한 듯 일어나 해미에게 손을 내밀었다. 다시금 심장이 왈츠를 추었다. 도경의 손이 땀으로 끈적거렸지만 해미는 막사까지 그 손을 놓지 않았다.

막사에서 흘러나오는 불빛을 따라가 보니 정적만이 흘렀다.

어른들은 모두 자기 막사로 들어간 것 같았다.

"잘 자. 내일 보자."

도경이 숙소로 들어가며 해미의 손을 놓았다.

지정된 막사로 들어와 보니, 아빠는 이미 곯아떨어져 있었다. 그 옆에 누운 해미는 조용히 입술에 손을 갖다 댔다.

어둠. 도경. 첫 키스. 이런 말들을 조용히 읊조리는 순간, 온몸이 공중으로 붕 뜬 느낌이었다. 해미는 밤새 뒤척이다 잠을 설친 채, 사막의 새벽을 맞았다.

일찍부터 막사는 광산으로 나갈 채비를 하느라 분주했다. 해미도 깔깔한 입맛에 빵 한 조각을 먹고 따라 나섰다. 광산에 도착하자, 아이들은 이미 작업 중이었다. 여전히 입으로는 노래 같지 않은 노래를 웅얼거렸다. 마른 꽃잎이 부서져 떨어지는 소리처럼 들렸다.

나 작가가 협상을 시도했지만 순조롭지는 않았다. 그쪽에서 애초에 약속한 금액을 훨씬 웃도는 터무니없는 몸값을 부르는 모양이었다. 지루한 협상은 언제 끝날지 몰랐다. 모두 지쳐가고 있었다. 흙탕물 속 아이들이 일을 하면서도 불안한 듯 흘끔거렸다. 그럴 때마다 감시꾼들의 매질이 이어졌다.

땅거미가 질 즈음, 마피아 두목처럼 생긴 남자가 나타났다.

나 작가는 한층 날 선 모습으로 그 사람과 맞섰다. 가끔 고성이 오가기도 했다. 남자는 어딘가로 전화를 걸더니 갑자기 꼬리를 내렸다. 나 작가가 가방에서 돈다발을 꺼내 건네자 그 남자는 음흉한 미소를 지으며 돈을 세었다. 돈을 받은 그들은 웅덩이마다 다니며 아이들을 풀어줬다.

드디어 협상이 끝나고 아이들은 해방되었다. 사막에 비친 저녁노을은 영화의 한 장면처럼 고혹적이었다. 사막 위에 걸터앉았던 붉은 노을이 춤을 추듯 넘실댔다. 나 작가는 아이들의 손을 잡고 본부석으로 왔다. 승전가를 불러야 할 것 같은 분위기였다. 스태프들은 상기된 얼굴로 축제 마당을 준비하느라 바빴다. 아이들의 얼굴에도 홍시 같은 노을빛이 깃들었다.

나 작가와 스태프들은 아이들을 일일이 껴안으면서 빵과 우유를 나눠줬다. 학용품이 든 가방도 주었다. 웃고 있는 아이들이나 그들을 껴안고 있는 일행 모두 천사 같았다.

나 작가와 팀장을 비롯한 일행은 남은 일정 내내 사막의 광산을 찾아다니며 아이들의 빚을 갚아주었다. 사연이 없는 아이는 단 한 명도 없었다. 해미와 도경은 낮이면 어른들을 따라 아이들을 보러 다녔고, 가끔은 밤에 몰래 만나 수줍은 왈츠를 추기도 했다. 한 달은 생각보다 빨리 지나갔다.

집으로 돌아오는 날.

프리타운 공항에서 도경은 해미를 데리고 기념품 가게로 향했다. 말없이 이것저것 살펴보다가 원주민이 만든 나무 인형을 골랐다.

"너 가져."

투박하게 생긴 인형만큼이나 꾸밈없는 말투였다. 해미는 인형을 가만히 꼭 쥐었다.

"여기 오길 잘한 것 같아. 너는?"

"나도. 이제 서울에 돌아가면 뭐든 다 할 수 있을 것 같아."

해미는 도경에게 나지막이 말했다. 너와 함께라면 더욱 그럴 거라는 말은 하지 않았다. 입 밖으로 내는 순간 사막에서 만든 시간이 꿈처럼 흩어질 것 같았다.

"우리 서울 가면 또 만날 수 있을까?"

도경은 잠시 머뭇거리는 듯하다 해미 눈을 똑바로 쳐다보았다. 몹시 조심스러워하는 모습이었지만, 오히려 더 마음이 놓였다.

해미는 자신을 뚫듯이 바라보는 도경의 시선을 피해 먼 곳을 바라보며 대답했다.

"비행기 안에서 얘기하자."

이때 짐을 챙겨 가지고 온 아빠가 불쑥 어깨를 감아 안았다.

"우리 딸 얼굴에 생기가 도는걸. 올 때하곤 다르게 밝아져 있네."

"제 조카 얼굴도 빛나는데요? 다이아몬드라도 발견하고 가는 건가?"

아빠와 나 작가가 농담처럼 건네는 말에 해미는 어디로든 숨고 싶어졌다.

"저 잠시 나갔다 올게요. 음료수 드실 분 계세요?"

도경도 쑥스러웠는지 서둘러 자리를 피했다.

공항의 공기는 여전히 후텁지근했다. 하지만 한 달 전 공항에 발을 디뎠을 때와는 공기의 냄새마저 달랐다. 그토록 밉던 엄마가 보고 싶은 걸 보니, 모든 게 변한 게 맞다.

곰팡이 꽃

·

성병

진주는 도둑고양이처럼 살금살금 주방으로 스며들었다. 모두가 잠든 시간이라 숨소리마저 죽였다. 살짝 주방의 불을 켰다. 센터장님한테 들키면 한 소리 들을 게 분명하다. 냄비에 물을 붓고 가스를 켜자 '픽' 소리가 유난스레 크게 들렸다.

진주는 깜짝 놀라 두리번거렸다. 다행히 센터 안은 물에 잠긴 듯 고요하다. 라면이 끓는 시간이 평소보다 길게 느껴졌다. 뜨거운 라면을 냄비째 들고 방으로 들어오는데 룸메이트인 소희가 깜짝 놀라 일어났다.

"너 아까 저녁도 엄청 먹던데, 라면 먹게?"

"배가 고파서 잠이 안 와. 너도 먹을래?"

"됐어. 라면 먹고 자면 퉁퉁 붓는 거 몰라? 윽. 칼로리 폭탄이
라고."

진주의 사정을 모두 꿰고 있는 소희는 오늘도 정곡을 찌른다.
진주도 잘 알고 있다. 밤에 먹는 라면은 바로 살로 간다는 걸.
머리로 아는 것과 식욕은 별개다. 진주는 요즘 들어 부쩍 먹고
돌아서면 배가 고팠다. 센터에서는 정시에 먹는 밥 외에는 간식
을 따로 주지 않는다. 라면조차도 자기 몫은 스스로 해결해야
한다. 지금 먹고 있는 라면도 실은 소희가 사 온 것이다. 지갑이
홀쭉해질수록 먹고 싶은 건 더 많아졌다.

"힉. 너 생리대 있어?"

진주는 남은 국물을 싹싹 비우다 말고 냄비를 내려놓았다. 소
희가 안절부절못하는 걸 보니, 생각보다 생리를 빨리 시작했나
보다.

"응. 몇 개 있긴 할 거야, 아마…….."

진주는 냄비 뚜껑을 덮은 뒤 일어나 사물함을 열었다. 뜯지도
않은 생리대가 빼꼼히 진주를 내려다보았다. 불길한 생각이 스
쳤다.

'왜 이렇게 많지?'

사물함 깊숙이 처박혀 있는 생리대가 괴물 떼처럼 느껴졌다.

"왜 그래? 있으면 빨리 줘. 급하단 말이야."

소희의 말이 귀에 들어오지 않았다. 사물함 위에 걸린 달력을 살폈다. 문득 스치는 일이 있었다. 헤어숍에서 있었던 일들. 그 뒤로 생리를 하지 않았다는 사실을 깨닫는 순간 등골이 시렸다. 진주는 자기도 모르게 아랫배를 내려다보았다.

"왜 멍 때려? 얼른 줘."

소희의 다급한 소리에 진주는 얼른 두 개를 꺼내 건넸다. 소희가 부리나케 화장실을 향해 나갔다. 다시 달력을 살폈다.

"난 날것이 좋거든. 너 같은 자연산 날것이면 더 좋고. 장화 끼는 건 영 느낌이 안 사는데, 괜찮지?"

처음에는 제멋대로 지껄이던 헤어 디자이너의 말이 무슨 뜻인지 몰랐다. 그 뒤로도 술에 취해 달려들 때마다 그가 떠들던 '장화'의 뜻을 모른 채, 진주는 당했다는 걸 나중에야 깨달았다.

그러고 나서, 센터에 들어올 때 사 온 생리대가 하나도 줄지 않았다.

'그럴 리 없어. 절대로······.'

의심스러울수록 더욱 부정하고 싶어 고개를 저었다. 갑자기 아랫배가 살살 아파 왔다. 드디어 시작하려나. 진주는 기대가 되면서도 여전히 불안했다.

"남자들은 좋겠다. 이런 것도 안 하고. 할 때마다 귀찮아 죽겠어."

소희가 들어와 침대에 누우며 툴툴댔다. 평소라면 진주도 맞장구를 쳤을 말이다. 하지만 지금 이 순간만큼은 생리가 터진 소희가 부러웠다. 진주는 얼른 확인해봐야겠다 싶어 화장실에 들어섰다. 거울 앞 자기 모습이 마치 심판대 위에 선 사람 같았다.

변기에 앉자마자 조사관처럼 꼼꼼히 살폈다. 하얀 면 팬티 위에 드문드문 얼룩져 있는 붉은 자국. 반가웠다. 평소와는 달리 검은색이 섞인 게 마음에 걸리긴 했지만.

왠지 모를 웃음이 나왔다.

"아하하…… 아하. 다행……"

방에 들어와 침대에 누웠는데, 송곳으로 찌르듯 배가 아팠다. 평소 느끼던 생리통과는 달랐다. 통증이 점점 심해 진통제를 먹고 잠을 청했다.

다음 날 아침. 시끄러운 새소리에 눈을 떴다. 산기슭에 있는 센터를 찾느라 고생했던 기억이 난다. 이제는 눈여겨보지 않으면 찾아오기 어려운 숲속의 센터가 집보다 편하다. 진주는 시골처럼 고요한 마당에 스며드는 어둠과 함께 잠을 청하고 새소리에 눈을 뜨는 아침이 늘 새로웠다.

할머니와 단둘이 살던 지하 셋방에 비하면 천국이었다. 할머니는 건강하실까? 아침을 먹으려 식당에 내려가자 센터 선생님들이 직접 차려준 밥상 앞으로 원생들이 하나둘 모였다. 원생 여덟 명과 선생님 세 명이 식탁에 올망졸망 둘러앉았다. 가족보다 더 가족처럼 보이는 풍경이다.

"오늘 다큐 반 수업 있지? 김 감독님이 너희에게 무척 관심이 많던데, 이번 작품 영화제에 출품한다니까 많이들 도와줘."

수녀원에서 평생 살았다는 원장 선생님이 나긋나긋한 목소리로 말했다. 원장님은 평소엔 다정했지만 이곳 규율을 어기는 것에 대해선 누구보다 엄격했다.

"진주는 이제 좀 적응이 되지? 마음먹은 대로 검정고시 봐서 미용 학교 가도록 해. 여러 분야에서 유능하신 외부 강사님들도 많이 오시니까 열심히 참여해서 교양도 쌓고……."

원장님은 진주와 상담을 많이 해서 그런지 특별히 관심을 쏟아주는 편이다. 진주는 고맙기는 하지만 부담스럽기도 해 수저를 놓고 숙소로 들어왔다.

"김 감독 언니 볼수록 괜찮지? 처음에는 넘 뚱해서 속을 알 수 없었는데 말야. 변덕스럽지 않아 좋아. 뚱뚱해서 더 귀엽고. 히힝~."

어느새 따라 들어온 소희가 농담처럼 말했다. 그러곤 옷장에 널린 옷들을 입어보느라 분주했다. 진주는 수업 준비를 해 먼저 교실에 들어갔다. 이미 감독 언니가 PPT 자료를 준비하고 있었다.

진주는 가만히 감독 언니를 살펴보았다. 꽃무늬 원피스를 입어서인지 오늘따라 몸집이 더 커 보였다. 치마 밑으로 이어진 종아리는 오래된 나무 밑둥처럼 굵었다. 무거운 몸을 이끌고 수업 준비를 하느라 진땀마저 흘리는 모습이 안쓰러울 정도다. 그래도 김 감독 언니에게서는 진한 커피 냄새가 났다. 눈 내리는 날 마시는 원두커피의 깊은 맛.

한두 명씩 원생들이 들어왔다. 센터에 있는 여자아이들 모두 다큐멘터리 작업 시간을 좋아했다. 진주 또한 영화 보는 걸 좋아해 이 시간이 무조건 재밌다.

왠지 감독 언니도 진주처럼 무슨 일에든 미숙해 보였다. 그래서 더욱 감독 언니가 좋았다. 오늘은 어떤 걸 배울까. 기대를 안고 감독 언니와 눈이 마주치길 기다렸다. 수업 준비를 마친 감독 언니가 원생들을 바라보며 말했다.

"잘 지냈어요? 오늘은 각자 자기 이야기를 가지고 시놉시스 한 편을 만들어보도록 할게요."

김 감독 언니가 평소보다 더 느린 어투로 말했다. 답답하지만 푸근한 목소리다.

"시놉시스가 뭔데요?"

진주 마음을 대변해주듯 누군가 손을 들고 질문을 했다.

"시놉시스는 간단한 개요나 줄거리를 말하는 거예요. 여러분 자신의 이야기로 한 편의 드라마를 만든다고 할 때, 줄거리가 어찌 될지 써보자는 거죠. 가슴속 우물에 어떤 이야기가 담겨 있을지, 두레박을 내려보는 작업이 될 거예요."

"어휴. 배운 것도 없는데 뭘 쓰란 거죠? 우물이든 두레박이든 무슨 말인지 모르겠어요. 저희하곤 전혀 상관없는 말인 거 같은데."

원생 중 가장 나이가 많은 언니가 투덜댔다.

"어렵게 생각할 것 없어요. 그냥 내 이야길 쓰면 되는 거라고요. 마음먹기 나름이라는 말, 들어보셨죠?"

"무슨 마음을 어떻게 먹으란 거죠? 여기 모인 애들 모두 뇌텅텅, 꼴통들이에요. 시놉시스가 뭔지도 모르는 애들이 더 많을걸요?"

"자기비하는 가장 나쁜 습관이에요."

"저는 영화의 영 자도 모르는데, 괜히 들어왔나 봐요. 히잉~."

분위기가 삭막해지자 소희가 일어나 애교를 떨었다.

"여러분, 엄살이 너무 심한 거 아니에요? 여러분이 꼴통이면 나도 꼴통이에요. 영화 하는 사람 치고 제정신인 사람 별로 없어요."

감독 언니는 사뭇 진지한 얼굴로 말했다. 원생들 모두 찬물

끼얹은 듯 조용해졌으나 소희만은 달랐다.

"감독님은 모르실 거예요. 우린 그냥 꼴통이 아니라 개꼴통이라고요. 머리만 멍청한 게 아니고 문제아로 찍힌 애들인걸요. 꼴통 중에서도 최상급이요. 에헷헷."

소희 말에 모두 공감하는 듯 와하하, 웃으며 박수를 쳤다. 못난 것도 자랑인 줄 아는 천진스러운 꼴통들. 진주는 센터에서 만난 이 꼴통들이 좋았다. 특히 천방지축 소희를 보면 더욱 그랬다.

"자기비하라면 나도 일가견이 있어요. 요즘은 외모가 신분이라는데, 제 몸 한번 보세요. 돼지 같죠? 사람들이 손가락질하는 뚱녀 그 이상도 이하도 아니에요. 그뿐인 줄 아나요? 전에는 말까지 더듬었어요. 지금은 치료받아서 이나마라도 소통하는 거거든요. 영화를 보면서 인생이 조금씩 달라졌어요. 나도 내 영화를 만들어보고 싶은 맘에 전문가 과정을 밟았고, 그래서 이 자리에 서게 된 겁니다. 저마다 못난 점은 한두 가지씩 안고 가는 거예요. 여러분도 하면 돼요. 응석 그만 부리고 시작하세요."

자기 입으로 돼지라니. 반박할 수도 없는 강력한 셀프 디스에 기세가 꺾인 건지 모두 노트에 코를 박았다. 소희만은 멍하니 넋을 놓고 있었다. 소희는 김 감독 언니가 좋은 거지 다큐 반은 영 적성에 안 맞는 건지 몰랐다. 진주가 조심스럽게 말을 걸어봤다.

"너, 감별소 갔던 얘기 그냥 되는 대로 써보는 게 어때? 짱이 시켜서 자판기 털던 얘기 말이야. 너만 억울하게 잡혔다며?"

소희가 눈을 반짝이다가 이내 풀이 죽는다.

"난 맞춤법도 모르고 솔직히 일기도 한번 안 써봤는데…….
어떡해."

진주가 생각해도 중학교 1학년 때 학교를 그만둔 소희에게는 무리일 것 같기는 했다. 중학교 3학년 때 자퇴를 한 자신도 크게 다를 건 없지만 말이다. 하지만 진주는 다른 건 몰라도 글 쓰는 건 좋아하는 편이다. 초등학생 때는 교내 백일장에서 최우수상을 받기도 했다. 하얀 백지 위에 마음을 적고 나면 왠지 가벼워지는 듯한 느낌이 들었고, 그 순간만큼은 자기 자신이 꽤 괜찮아 보였다.

"소희야, 난 내 이야기를 다큐멘터리로 만들어보고 싶어."

"대단하다. 역시 넌 나와는 달라. 부럽다."

소희는 끝내 쓰는 걸 포기하고 운동을 하겠다며 나갔다. 진주는 구석 책상에 가 지금까지의 삶을 글로 풀어내는 일에 몰두했다. 머릿속에서 수많은 장면들이 바람처럼 스쳤다. 그중에 몇 컷만 사진 찍듯 가슴에서 끄집어냈다.

외할머니와 나

내 사진첩 속에는 엄마 아빠가 없다. 나는 실제로 아빠 얼굴을 본 적이 없다. 가끔 진한 화장을 하고 나타난 엄마라는 여자는 나보다 철이 없어 보였다. 여자도 내가 어색한지 한 번도 날 안아주지 않았다.

방바닥에 앉으면 큰일이라도 나는 듯 여자는 몇 푼의 돈이 든 봉투를 던져놓고는 도망치듯 떠났다. 내가 열 살이 되면서부터 그나마도 찾아오지 않았다.

햇빛이 들지 않는 지하 셋방에는 허리 굽은 할머니와 나뿐이었다. 정부에서 주는 생활보조금으로는 월세 내고 나면 남는 게 없다며 폐휴지를 줍는 할머니. 밤마다 가르릉거리는 할머니의 가래 소리를 들을 때 두려웠다. 할머니마저 죽어버리면 난 혼자다. 죽을 때까지 저렇게 고생만 해야 하는 걸까? 돈, 돈, 돈을 벌어야 한다는 생각으로 나는 지하 셋방을 탈출했다.

멋진 헤어 디자이너의 꿈

막상 집을 나와 갈 곳이라곤 친구 집뿐이었다. 마침 친구 부모님이 중국에서 사업을 해 자주 집을 비웠다. 친구 엄마는 친구랑 같이 지내주는 걸 고마워하기까지 했다. 하지만 금방 사정이 달라졌다. 중국 공장이 무너지면서 친구의 부모님이 집으로 돌아왔다. 자연히 나는 거리의 아이가 되었다. 거리가 집이자 학교인 아이들은 나 말고도 많았다. 빨리 돈을 벌기 위해 자퇴를 했다.

나는 남의 머리를 만지고 손질해주는 일을 해보고 싶었다. 유명한 헤어 디자이너가 운영하는 가게는 나를 보조로도 받아주지 않았다. 할 수 없이 이름 없는 남자 디자이너가 운영하는 변두리 숍으로 들어갔다. 월급을 못 받아도 좋으니 먹고 재워 달라고 했다.

그곳에서 배운 것이라곤 바닥에 머리카락이 엉겨 붙지 않게 쓸고 닦는 노하우뿐이었다. 원장은 언제나 셔츠 깃을 반듯하게 다려 입고 코끝을 톡 쏘는 향수를 뿌리고 다녔다.

원장이 내 곁에 가까이 다가올 때마다 떨렸다. 그 향이 코끝을 스칠 때마다 언젠가는 나도 미용 기술을 배울 수 있을 거란 생각에 들떴고, 깨끗한 셔츠 끝을 보며 잠깐 설렌 적도 있다. 하지만 얼마 안 돼 꿈은 깨졌다.

아무도 없던 밤. 홀로 남아 있던 가게에 도둑처럼 쳐들어온 그는 다짜고짜 내게 달려들었다. 술 냄새가 버무려진 향수 냄새는 더 이상 향긋하지도 짜릿하지도 않았다. 역한 입김이 내 귓불을 스치는 걸 막지 못했다. 짐승 같은 몸이 나를 짓누르는 것도 밀쳐

내지 못했다. 할머니를 부르고 싶었지만 내 입은 어설프게 마개로 막아둔 것같이 바람 새는 소리만 나왔다.

그다음 날 원장은 다시 카리스마 넘치는 멋진 디자이너가 되어 있었다. 나는 간밤에 꿈을 꿨던 게 아닌가 헷갈리기까지 했다. 하지만 바로 며칠 뒤 또 같은 일이 벌어졌다. 그런 악몽이 몇 번 반복되던 어느 날. 또다시 자기 몸을 내 몸에 욱여넣으려는 그를 가까스로 밀어냈다. 테이블 위에 놓여 있던 미용 가위를 집어 들어 겨누자 그는 겁먹은 개처럼 몇 걸음 뒤로 물러섰다.

헤어숍 문을 박차고 나왔다. 찬바람이 온몸을 후려쳤다. 얼굴을 감싼 채, 미친 듯 새벽길을 달렸다. 몇 날 며칠을 헤맸다. 배가 고팠지만 컵라면 사 먹을 돈조차 없었다. 후미진 곳에서 쪽잠을 자면서도 지하 셋방으로는 돌아가고 싶지 않았다. 잡혀 들어간 파출소에서 청소년 위기 센터 얘기를 듣고 이곳에…….

여기까지 쓰는데 아랫배가 찢어질 듯 아팠다. 소희에게 생리대를 줄 때부터 조금씩 느껴지던 통증이 이제 못 견딜 정도로 심해졌다. 어제와는 다른 종류의 불길한 예감이 스쳤다. 골반쪽이 움직일 수조차 없을 만큼 욱신거렸다. 진주는 배를 움켜잡았다. 이마에 식은땀이 송골송골 맺혔다.

"왜 그래? 감독님! 진주가 이상해요."

원생들이 웅성거리자, 감독 언니가 달려왔다.

"체했니? 얼굴빛이 너무 안 좋네. 얼른 보건실 가봐."

감독 언니의 따뜻한 말 덕분인지 거짓말처럼 통증이 가라앉았다.

"괜찮아졌어요."

"병은 키우면 안 돼. 갔다 와."

감독 언니가 강제로 떠밀다시피 해서 동아리실에서 나왔다. 원생들이 걱정스러운 눈으로 바라보았다. 누군가 걱정해준다는 건 익숙지 않은 일이었다.

보건실은 작지만 깨끗했다. 하얀 가운을 입은 선생님이 증상을 물었다. 질문을 하면서도 눈길은 줄곧 선생님 손에 들린 서류에 꽂혔다. 왠지 긴장이 됐다.

"가정사가 만만치 않네."

선생님이 안경테를 올리며 유심히 본다. 족쇄처럼 쫓아다니는 '미혼모 자녀'라는 말. 지긋지긋하다. 시키는 대로 간이침대에 눕는다. 아랫배를 힘껏 누른다. 악, 천장이 뚫릴 만한 비명이 나온다. 뭉클, 뭔가 쏟아지는 것 같다. 불쾌하다.

"언제부터 통증이 느껴졌지?"

"어젯밤부터요. 아니…… 좀 더 오래전……."

다시 생각해보니 헤어 디자이너에게 폭행을 당할 때마다 배가 몹시 아팠던 것 같다. 보건 선생님은 고개를 갸우뚱거리며 심각한 표정으로 말했다.

"아무래도 원장님과 의논해서 병원에 가는 게 나을 것 같다."

선생님이 원장실에 들어가 말한 뒤, 진주를 차에 태웠다. 그때였다. 감독 언니가 카메라를 멘 채 헐레벌떡 따라 나왔다.

"저도 갈게요. 진주 보호자로……."

감독 언니는 몇 번 수업을 하면서 진주가 써낸 글을 읽고 응원 메시지를 보내주곤 했다. 감독 언니와 눈이 마주치자, 아픈 중에도 미소가 나왔다.

– 진주야. 오염된 물속에서도 피어나는 연꽃이 아름다운 건, 세월을 인내했기 때문이야. 너도 그럴 거야.

어느 날 밤에 감독 언니가 보내준 문자 메시지를 저장해놓고 마음이 울적할 때마다 읽었다. 그런데 병원까지 같이 가준다니. 뭉클. 눈가에 뜨거운 물기가 번졌다.

"고맙습니다, 감독님……."

"아냐. 별일이 아니면 좋겠다."

센터에서 병원은 그리 멀지 않았다. 보건 선생님이 절차를 밟자마자 담당 의사의 진료가 시작되었다. 산부인과 의사는 다행히 여자였다. 감정이 전혀 묻어나지 않는 얼굴로 진주의 증상을 물었다.

"조짐이 썩 좋지는 않은데……. 일단 내진부터 해보자고요."

간호사가 이끄는 대로 커튼 뒤쪽으로 들어갔다. 다시 통증이 시작되었다. 속옷이 온통 피범벅이다. 다리가 후들거리고 맥박이 빨라졌다. 소리라도 지르고 싶지만 속으로 삼켰다.

"올라와서 걸터앉으세요."

의사가 어찌할 줄 몰라 쩔쩔매는 진주에게 통명스럽게 말했다. 여의사라고 안심했던 마음이 사라지고 점점 더 불안해졌다.

금방이라도 뱃속에서 폭탄이 터질 것만 같다. 절로 신음이 새어나왔다.

꿈틀. 늙은 여의사의 내진이 진행 중이다. 기분이 나쁘다. 다행히 하혈은 그친 것 같다.

"초음파도 봅니다."

의사는 진주에게가 아니라 병원비를 결제할 것 같은 보건 선생님에게 말했다. 감독 언니는 무거운 얼굴로 진주를 지켜보았다. 진료는 생각보다 빨리 끝났다.

"하혈은 언제부터였죠?"

"가끔씩……."

"그동안 검사받아 본 적 있나요?"

"무슨 검사요?"

"성병 검사요."

"네?"

"검사 결과가 나와야겠지만 의심되는 부분이 있어서……."

의사가 간호사를 불러 균 검사를 위한 조치를 취하라고 이르자 간호사는 진주를 불러 피를 뽑고 소변을 받아 오라고 한다.

"균 검사를 왜 해요?"

진주는 의사에게 묻고 싶은 걸 간호사에게 물었다.

"테스트를 해보는 거예요."

"무슨 테스트요?"

"아까 선생님한테 듣지 않으셨어요?"

간호사가 심드렁하게 대답했다. 도저히 더 이상 물을 수가 없다.

"검사 결과는 이틀 뒤에 나오니까 그때 다시 오세요. 하혈이 있으면 즉시 병원으로 오도록 하고요."

늙은 의사가 아무렇지 않게 하는 말이 진주에게는 천형 선고와도 같았다. 검사 과정에 대해 건조하게 설명하는 걸 듣던 보건 선생님도 얼굴이 하얗게 질려 있었다.

"아니, 지금 성병 검사는 왜 하는 거죠?"

보다 못한 감독 언니가 의사에게 물었다.

"확실한 건 결과가 나와 봐야 알겠지만······. 요즘은 어리다고 다 어린애가 아닙니다."

여의사가 텁텁한 얼굴로 말했다. 몸 안에서 뭔가 더러운 일이 일어나고 있는 것 같았다. 수치스러운 모습을 감독 언니에게 보여주는 게 싫었다. 혹시 자기를 불결하게 보는 것 아닌가 싶어 절로 몸이 움츠러들었다.

"담에는 저 혼자 병원에 올게요."

진주는 웅얼거리듯 말했다.

"걱정 마. 난 무슨 일이 있어도 네 편이야, 진주야."

감독 언니가 진주의 어깨에 손을 얹으며 말했다. 진주는 또다시 콧등이 찡했다. 그런데 왜 이 순간에 엄마라는 여자가 보고 싶은 것일까. 밉고 원망스러운 존재였는데 말이다.

결과가 나오길 기다리는 시간이 영원처럼 길었다. 지난밤에는 통증이 심해 가위에 눌리기도 했다. 옆에 자던 소희가 신음 소리에 깼다. 소희는 자꾸만 응급실이라도 가야 하는 것 아니냐고 다그쳤다. 무서웠다.

– 감독님. 배가 많이 아파요. 자꾸만 이상한 느낌이 들어요.

진주는 진땀을 흘리며 감독 언니에게 문자를 보냈다. 가장 위급한 순간에 SOS를 요청할 사람이 있다는 것이 다행이었다.

　– 많이 아프면 지금 갈게. 응급실이라도 가게.
　– 참을 수 있어요.
　– 진통제라도 먹고 눈 붙여봐.

감독 언니 말대로 진통제를 네 알이나 먹고 억지로 잠을 청했다. 밤새 눈을 떴다 감았다를 반복하다 보니, 창문이 희뿌옇게 변했다.

"얼른 씻고 준비해. 얼굴빛이 아주 안 좋은데……. 밤에라도 원장실로 오지 그랬어?"
　원장님은 진심으로 걱정된다는 듯 진주의 어깨를 다독였다. 또 눈물이 나왔다. 진주는 눈물이 많아진 자신이 맘에 안 들었다. 센터에 들어오기 전엔 무슨 일이 있어도 울지 않았다. 엄마 아빠에게 듬뿍 사랑받는 친구를 보며 '부럽다'라는 마음을 때수건으로 박박 밀어내듯 지울 때도, 그 집을 나와 홀로 차가운 밤길을 걸을 때도, 헤어숍에서 끼니마다 눈칫밥을 먹거나 그조차 못 먹을 때도, ……짐승의 몸이 자기 몸을 눕히고, 뒤집고, 휘저을 때도. 이를 악물고 눈물을 흘리지 않았다. 그런데 강하고 씩씩하게 살아보려 들어온 센터, 이곳에 와서는 아픈 일 하나 안 생기는데도 드문드문 가슴에 통증이 느껴졌다. 그러면서 시도 때도 없이 눈물이 흘렀다.

"제가 같이 갈게요."

병원 가려고 문을 여는데 감독 언니가 들어섰다. 머리도 부스스하고 청바지에 간단한 티셔츠 차림이 일찍 서두른 흔적이 역력했다.

"김 감독님이 이렇게 신경 써주시니 든든하고 고맙네요. 진주가 감독님을 엄청 따르던데……. 역시 사람의 마음은 통하죠. 그럼 잘 부탁해요. 마침 전국 센터장 컨퍼런스가 있어 제가 좀 바빴는데……. 잘됐네요."

통증은 어제보다 심했다. 날카로운 아픔과 함께 뭔가 물컹거리는 기분에 조짐이 안 좋았다. 하지만 감독 언니가 동행해준다니 기뻤다. 이런 날은 병원이 아니라 소풍을 떠나고 싶다. 엉뚱한 생각을 하는 동안 병원에 도착했다.

병원 특유의 냄새를 맡자 통증이 더 극심하게 밀려왔다. 정신을 차릴 수가 없었다.

늙은 여의사가 인상을 쓰며 진료실로 들어왔다.

"센터 원생이죠? 부모님은 없나요?"

원장은 거리낌 없이 물었다. 감독 언니가 오히려 진주의 눈치를 보며 안절부절못했다.

"제가 보호자니까……. 편히 말씀하세요."

감독 언니는 마치 죄지은 사람처럼 허리를 굽신거리며 말했다. 여의사는 자기 앞에 있는 검사 결과서와 진주의 얼굴을 번갈아 쳐다보았다. 왠지 억지로 차갑게 보이려는 표정 같았다. 의사는 돋보기를 벗으며 진주에게 천천히, 그러나 최대한 무심한 목소리로 진단을 내렸다.

"자궁 외 임신에 클라미디아균 합병증까지 왔네요. 그동안 많이 아팠을 텐데……."

"클라미디아균, 그게 뭔데요, 선생님?"

진주가 묻고 싶은 질문을 감독 언니가 대신했다. 진주는 할 말을 잃었다. 등 뒤에서 느닷없이 쏜 총에 맞은 기분이었다. 여의사는 안타깝다는 얼굴로 고개만 저었다. 답답해 소리라도 치고 싶었지만 진주는 최대한 낮은 목소리로 물었다.

"안 좋은 건가요?"

"이런 경우 종종 있어요. 당연히, 좋다고는 할 수 없죠."

선문답 같은 말만 한다. 아랫배가 도려내는 것처럼 아프다. 배를 움켜잡는다. 뭉클, 밑으로 뭔가 쏟아지는 느낌이다. 앞이 가물거린다. 이를 악물고 의사에게 물었다.

"말해주세요. 어떤 상태인지."

"선생님. 알아듣게 자세히 좀 설명해주시면 안 될까요?"

감독 언니는 진주보다 더 놀란 것 같았다. 감독 언니에게 자기가 겪은 일을 자세히 말한 적이 없다. 몸을 겨우 가리고 있던 마지막 속옷마저도 졸지에 벗겨진 것만 같았다.

의사는 컴퓨터에서 뭔가를 찾더니 입을 열었다.

"성병은 곰팡이 퍼지듯 순식간에 나쁜 균을 옮기죠. 그중에 클라미디아균이 서식하고 있다가 자궁 외 임신이 된 겁니다. 위험해요. 당장 수술해야 하고요. 어쩌면 아기집을 모두 드러내야 할 수도 있어요. 불임이 될 수 있다는 말이죠. 운 나쁘면 걸릴 수 있는 일인데, 이렇게 어린 경우는 처음이네요."

의사는 진주와는 눈도 안 마주치고 감독 언니를 향해서만 말했다. 진주도 컴퓨터를 살폈다. 의사가 가리키는 화면만 보고는 아무것도 알 수 없었다. 진주 눈에는 곰팡이라는 물체들이 꽃처럼 보일 뿐이었다. 그러면서도 눈앞이 캄캄했다. 클라미디아균은 뭐고, 자궁 외 임신은 또 뭔가. 자신의 온몸에 나쁜 균이 퍼져가고 있다고 생각하니 소름이 돋았다. 죽을 만큼 통증이 심해졌다. 급기야 앓는 소리가 입 밖으로 튀어나왔다.

"저 아파서 죽을 것 같아요……."

"선생님. 얼른 조치해주세요. 많이 아픈가 봐요."

"수술이 쉽지는 않아요. 각오하셔야 할 겁니다. 간호사, 여기 보호자 사인 받고. 바로 수술 준비해요."

늙은 의사는 서두르면서도 뭔가 찜찜한 눈치였다. 이 이상 뭘 더 각오해야 한다는 걸까. 불안했다.

"선생님, 많이 위험한가요?"

사인을 마친 감독 언니가 진지하게 물었다.

"해봐야 알 수 있어요. 지금은 아무도 몰라요. 지체할 여유가 없으니 최대한 빨리 움직이도록 하죠."

어떻게 옷을 갈아입고 어떻게 눕혀졌는지도 모른 채 멍하니 천장만 바라보았다. 간호사가 진주의 팔에 혈관주사를 꽂았다.

달그락 달그락.

진주는 가위며 핀셋 등 의료 기구를 챙기는 쇳소리에 어깨를 움츠렸다. 의료진들이 웅성거리는 소리가 이명처럼 들렸다. 점점 의식이 희미해지고 있다. 어둠 속에서 옛 기억의 파편들이 획획 지나갔다. 그중에 몇 개의 단어들이 뇌리에 각인된 듯 선명하게 떠올랐다.

성병. 클라미디아균, 곰팡이, 자궁 외 임신, 아기집, 불임…….

머릿속에 떠올랐던 단어들은 스르르 흩어지는가 싶더니, 곧

날개를 달고 진주의 몸으로 달려들었다. 진주가 손을 휘젓자 날개 밑에서 독거미들이 기어 나왔다. 시커멓다. 몸통도 엄청 크다. 애니메이션 영화에서 본 모형 독거미와 흡사하다. 꿈틀거리는 독거미 떼들이 진주의 겨드랑이 밑으로 몰려온다. 시커먼 거미들이 진주의 살을 파먹는다. 아프지 않다. 그렇다고 간지럽지도 않다. 피가 나는 것도 아니다. 온몸을 기어 다니던 독거미 떼의 공격에 몸은 점점 앙상한 뼈와 퀭한 눈만 남는다.

진주의 흉측한 몰골이 아카시아 나무에 걸려 있다. 돌을 던지는 사람도 있고, 어떤 여자는 손수건으로 눈물을 닦기도 한다. 진주는 그 여자가 엄마인가 싶어 조심스레 불러본다.

"엄마……. 엄마……."

그러나 입안에서만 소리가 맴돌 뿐이다.

잠시 후, 화장은 했지만 제 또래로 보이는 소녀와 늙수그레한 아저씨가 아카시아 나무 밑에서 은밀한 행위를 하고 있다. 소녀가 울고 있다. 독거미들이 소녀의 몸속으로 떼 지어 들어간다. 아악, 소리를 지른다.

"안 돼!"

지나가던 여자의 얼굴이 갑자기 쭈그렁 할머니가 된다. 근심 걱정을 달고 사는 듯한 할머니의 몸속으로도 독거미가 들어간다. 진주가 힘껏 독거미들을 몰아도 소용없다. 안타까워 발버둥을 친다. 감각이 없다. 한동안 몸부림을 치다 지쳐 다시 까무룩 잠 속으로 들어간다.

눈꺼풀이 천근만근 무겁다. 힘겹게 눈을 뜨니 온통 흰색이다. 오랜 시간 깊은 동굴 속에 머물다 나온 것처럼 몽롱하다. 주삿바늘에 주렁주렁 매달린 주사액들이 위급했던 순간들을 말없이 보여준다.

온몸이 솜이불 덮은 것처럼 무겁다. 조금만 움직여도 아랫배가 칼로 도려내는 것처럼 아프다.

"오메. 내 강아지……. 정신이 좀 드는겨?"

할머니 목소리다. 진주는 꿈인가 싶어 눈을 끔뻑거려 보았다. 등 굽은 할머니가 소나무 껍질처럼 거친 손으로 눈물을 훔치고 있었다.

"세상 오지게 이쁜 내 새끼를……. 못 멕이고 못 입히다봉게 이리 숭헌 꼴을 당하게 안 했겄냐. 으쩔거나. 이녁이, 이 할미가 죄가 많다, 죄가 많어."

집 나온 지 2년 만에 보는 할머니다. 이렇게 병실에서 만날 줄은 몰랐다. 당황스럽고 창피하면서도 반가웠다.

"할머니. 나 여기 있는 줄 어떻게 알았어?"

"뭣이라더라. 그 센턴지 장턴지 하는 데서 갈친다는 감독이란

색시가 전화를 했어야. 놀래부렀지. 요로코롬 살아 있응게 됐어야. 어휴. 불쌍한 내 새끼."

할머니의 촌스러운 사투리가 병실에 울려 퍼졌다. 옆에 있는 환자와 간병인들의 시선이 따가웠다. 혹, 할머니가 내 병명까지 아는 걸까? 더럭 겁이 났다.

"근디…… 뭔 수술이 그리 오래 걸린다냐. 내 새끼 잡는 줄 알고 할미 똥줄 타는 줄 알았당게. 다 니 에미 년 잘못이다. 짐승도 지 새낀 거두는 법인디, 싸질러놓고 내빼불면 그만이냐고. 짐승만도 못한 지집년 같으니……."

할머니는 원래 입만 열면 엄마 욕을 해댔었다. 지금은 듣고 싶지 않았다. '자궁 외 임신'이란 말을 들었을 때, '내 몸에 왜 그런 게 생겼지?'라는 황당함과 두려움이 먼저였다. 스무 살에 나를 가진 엄마도 같은 마음 아니었을까? 있어선 안 될 존재가 내 몸에 자리 잡고 있다는 불쾌감. 어서 빨리 떼어내 버리고 싶은 마음이 앞섰을 것 같다. 하지만, 엄마는 나를 낳았다.

"아니야. 내 잘못이야. 엄마 욕하지 마, 할머니. 엄마도……."

엄마가 바란 것도 아닌데 허락도 없이 엄마 자궁을 파고 들어가 놓고, 그래놓고 정작 자신은 뱃속에 와준 아기를 단 한순간도 아기집에 들여보내주지 못했다. 아기는 그 몇 주 동안 초대받지 못한 집 언저리에서 무럭무럭 자기 생명을 키워나가다,

결국엔 떼어내야 할 혹처럼 찢겨 나가고 말았다. 진주는 아기 생각에 뒤늦은 울음이 터졌다.

"으째야 쓸까. 저 엄지손가락만 한 것이 그동안 을매나 고초가 컸으면…… 세상 풍파 다 겪은 사람맹키로 말하는 것 보소. 하기사 니 에미도 속이 시커멓긴 마찬가진 것 같드만. 징헌 것."

할머니 말에 진주는 눈이 댕그래졌다.

"엄마랑 연락됐어?"

"을마 전에 불한당처럼 쳐들어왔다가 니가 없는 걸 보곤 이 할미를 잡아먹을 것처럼 달려들었당게."

진주는 목젖이 뻐근해져 왔다. 엄마가 잊고 사는 줄 알았다. 억지로 가슴 깊숙이 숨겨놓았던 그리움이 한꺼번에 솟구쳐 올랐다.

할머니가 음료수라도 사 온다며 매점으로 간 사이, 감독 언니가 양손에 뭔가를 정성스럽게 들고 왔다.

"이거. 촬영 때문에 두물머리에 갔을 때 얻어 온 거야. 내가 키우던 건데 진주가 잘 키워 봐. 진주도 이 꽃처럼 피어날 때가 있을 거야."

진주는 작은 어항에 담긴 연꽃을 보는 순간, 콧등이 찡했다.

"수술하는 동안 걱정 많이 했어. 나쁜 균이 곰팡이처럼 쫙 퍼진 상태라 더 힘들었나 봐……. 네가 쓰다 만 시놉시스 읽었더니 너에 대해 많은 걸 이해하게 되더라고, 너에게 나쁜 균을 옮긴 사람, 그 헤어 디자이너 맞지?"

감독 언니가 조심스럽게 말했다. 진주는 부끄럽기도 하지만 누군가로부터 이해받고 있다는 것이 참 좋다는 생각이 들기도 했다.

"마흔이 다 되어가는 나도 이제야 클라미디아균이라는 말을 처음 들었어. 많은 생각이 들더라. 하긴 그런 건 어디에서도 미리 말해주지 않으니까. 무방비 상태에서 당한 너만 이렇게 고통을 겪는 거지."

감독 언니는 누가 들을까 신경 쓰는지 작은 목소리로 말하면서도 연신 옆자리를 흘끔거렸다. 다행히 옆 환자는 티브이를 보느라 진주에게는 관심조차 없어 보였다.

"고마워요. 같이 있어 주셔서……."

진주는 감독 언니가 진심으로 고마웠다. 무엇보다 감독 언니와 함께 있으면 괜히 용기가 솟았다.

"당연한 걸 갖고 무슨 말을……. 절대 네 탓이 아니니까 자기 비하는 하지 말아야 해. 진주는 나쁜 짐승에게 물린 거야. 지금은 너 스스로를 사랑하는 게 우선이야."

"이렇게 되어버렸는데, 뭔가를 다시 할 수 있을까요?"

감독 언니는 무슨 말을 해줘야 할지 머릿속으로 열심히 고르고 있는 것 같았다.

그때였다. 누군가 병실 문을 부수듯 열어젖히고 들어왔다.

"어떤 새끼야!"

엄마였다. 몇 년 만인가. 그런데 이런 꼴로 엄마를 만나다니. 못 본 동안 엄마도 많이 변했다. 아니, 어쩌면 하나도 변한 게 없었다.

"어떤 새끼냐고! 내 딸 몸을 이렇게 망가트린 놈이. 의사 말 듣는 내내 억장이 무너져 죽는 줄 알았어, 내가. 찢어발겨도 시원찮을 놈 같으니!"

"…… 왜 그래."

"내가 가만 안 둘 거야. 누구야? 말해!"

옆에 있으면 당장 뺨이라도 후려칠 기세였다. 누가 보면 애지 중지 딸만 바라보며 산 사람 같다.

"엄마가 왜? 엄마가 무슨 자격으로 여길 나타나?"

"그래, 입이 열 개라도 할 말 없다. 그래도 널 이렇게 만든 놈 은 작살을 내놓아야 속이 풀리지."

엄마는 진주에게 미안하다는 말 대신 목소리를 더 높였다. 할 머니가 양손에 음료수를 들고 오며 손사래를 쳤다.

"어휴, 못난 것. 뭔 수선을 그리 떨어. 다 내 탓이여. 그래도 이 렇게 다 모이니 좋긴 좋네. 이거나 쭉 들이키고 진정해라잉?"

할머니가 특유의 사투리로 엄마를 다독였다.

"진주야. 미안해. 엄마가 미안해."

"뭐야, 취했어? 왜 이래?"

진주 품으로 와락 안겨 오는 엄마를 밀쳐냈다.

"엄마도 맘 편할 날은 없었어. 너무 어린 나이에 엄마가 되었고 살아갈 일은 막막하고. 그러니 어쩌니. 돈부터 벌어야겠다는 생각에 할머니한테 널 맡긴 거야. 엄마가 조금만 더 모아서 전셋집이라도 얻으면 할머니랑 같이 살려고 했어."

엄마가 다시 진주를 품어 안으며 말했다. 진주는 살짝 튕기는 듯 몸을 틀었지만 엄마 냄새가 좋았다. 태어나 처음으로 흠뻑 맡아보는 냄새지만 왠지 익숙했다.

할머니가 준 음료수를 마시던 감독 언니가 급하게 들고 온 가방을 열었다. 그러곤 가져온 카메라를 꺼냈다.

"저……. 여기 한 번만 봐주실래요?"

느닷없이 들어오는 카메라에 할머니와 엄마, 그리고 진주는 당황했다.

"사진 한 장씩 찍어 드리고 싶어서요."

"아휴, 남사스럽게 뭔 좋은 일이라고."

할머니는 손사래를 쳤고 진주도 도리질을 치며 베개에 얼굴을 파묻었다. 엄마만은 진주 어깨를 감싸 안은 채 김 감독 언니를 향해 속없이 웃어 보였다.

찰칵, 하는 소리와 함께 순간이나마 안 좋았던 일들이 리셋되는 기분이 들었다.

병실 밖에서는 함박눈이 펑펑 쏟아졌다. 온 누리가 하얀 도화지로 변해갔다. 진주는 창밖을 보며 중얼거렸다.

"나도 저렇게 하얘지면 좋겠다."

나의 첫 여자 친구

·

인신매매 / 성폭력

찌르릉, 찌르릉.

기숙사 앞 감나무에 앉은 매미가 새벽부터 울어댄다. 설화는 나가려다 말고 베란다 밖을 내다보았다. 손바닥만 한 화단에 핀 백합 향이 코를 찔렀다. 하늘은 잘 닦아놓은 유리창처럼 맑다.

설화는 지난밤, 가방을 싸면서 생각이 복잡했다. 많은 학생들 앞에 동물원 원숭이처럼 구경거리나 되는 건 아닌지. 기대가 큰 만큼 걱정도 많았다.

약속 장소인 공원 앞에 도착하자 바닷가 풍경이 그려진 관광 버스 한 대가 서 있다. '남북 연합 청소년 컬처 캠프'라는 현수막이 눈에 띄었다. '컬처 캠프'라는 문구를 보자 가슴이 두근거렸다. 왠지 남한의 멋진 아이들이 다 모였을 것 같았다.

버스 옆에서 남학생 몇몇이 모여 웅성거리다 일제히 이쪽을 쳐다보았다. 설화는 당황스러워 고개를 숙인 채, 버스 앞문으로 향했다.

"와, 정말 예쁘다. 완전 얼굴 천잰데?"

헐, 설화는 지금까지 한 번도 예쁘다는 말을 들어 본 적이 없는데 무슨 일인가 싶어 두리번거렸다. 아뿔싸. 남자아이들의 시선이 머문 곳은 보라색 백팩을 멘 여학생이었다. 명품 로고가 찍힌 셔츠에 검은 스키니 진을 입은 여학생이 어깨를 세우고 도도하게 서 있었다.

설화는 실망한 기색을 감추고 버스에 올랐다. 이미 많은 학생들이 버스에 올라와 있었다. 빈자리를 찾기 위해 사방을 둘러보다 뒷자리로 가 앉았다. 곧이어 아까 그 여자애도 차에 올랐다.

"윽. 어떡해. 나 벌써 사랑에 빠진 거 같아."

머리를 노랗게 염색한 남자애가 한껏 과장된 목소리로 말했다. 그러자 다른 학생들이 "미친놈아."라며 면박을 주거나 킬킬대며 웃었다. 여자아이는 아무 말도 못 들은 척, 고개를 뻣뻣이 들고 뒷자리로 왔다. 그러곤 설화 옆에 앉았다. 이어폰을 꽂은 걸 보니 정말 아무 말도 못 들은 건지도 몰랐다.

설화는 슬며시 여자애를 살펴보았다. 남자애들이 열광할 만

했다. 빛이 나는 피부에 또렷한 이목구비가 인민배우 못잖았다.

"어느 학교예요?"

예쁜 남한 아이랑 친하게 지내보고 싶어서 먼저 말을 걸었다. 옆자리 아이는 백팩을 무릎 위에 얹어둔 채 못 들은 척 창밖만 내다보았다.

'되게 도도하네.'

설화는 민망해서 가방만 만지작거렸다.

인원 점검이 끝난 뒤, 드디어 버스가 캠프장을 향해 달렸다. 전국에 있는 탈북 학교 대표로 온 학생이 여섯 명이고 나머지는 일반 학교에서 온 학생이었다.

설화는 조용히 차창 밖을 내다보았다. 남한 학생들과 캠프를 간다니, 아무리 생각해도 꿈만 같았다. 하나원에서 훈련받을 때부터 일반 학교에 다니고 싶었다. 지긋지긋해서 탈출한 곳인데, 굳이 남한에 와서까지 탈북 학생들과 섞여야 하나 싶었다. 메콩강에서 악어 떼를 만나고 대사관에서 조사를 받으며 힘들면서도 견딜 수 있었던 것은 그만큼 그곳을 벗어나고자 하는 절박함이 있어서였다.

인천공항에 발을 내딛는 순간 결심했다.

'더는 썩은 사과로 살지 않을 거야. 변신해야 해.'

그러기 위해서라도 남한 아이들과 공부하고 싶었다. 하지만 일반 학교는 무연고자인 설화에겐 벽이 높았다. 우선 지원금을 아껴 쓴다 해도 경제적인 부담이 컸다. 더 힘든 건, 실력이었다. 설화는 북에서 제대로 학교에 다녀본 적이 없다. 밭일하고 식량 구하러 다니느라 학교는 늘 뒷전이었다. 견딜 수 없어 중국으로 도망쳤지만 그곳 또한 마찬가지였다. 오히려 더 큰 함정이 있었을 뿐.

중국어를 완벽하게 하는 것도 아니었다. 말은 할 줄 알지만 쓸 줄을 몰랐다. 한글 역시 마찬가지다. 아주 어릴 때부터 과외를 받고 학원을 다닌 남한 아이들과 경쟁을 해야 하다니. 아득했다. 미리 포기할 수밖에 없었다.

그러다 보니 남한 아이들과 함께 어울려보는 건 상상하지 못했던 일이다. 차창 밖을 내다보는 다른 아이들도 왠지 들떠 보였다. 옆자리에 앉은 이 아이만은 달랐다. 간혹 눈을 떠 창밖을 내다보긴 했지만 왠지 불안해 보였다.

창가에 비치는 시골 풍경은 설화의 고향과 같으면서도 달랐다. 두 시간을 달려 도착한 청소년수련원은 웅장하고 깨끗했다. 일행을 환영한다는 문구가 적힌 현수막이 바람에 휘날리고 있었다.

빨간 지붕 건물 뒤편에는 소나무 숲이 우거져 있었고 후박나무 위에서는 박새가 정겹게 울고 있었다. 그 옆으로 단정한 산

책로가 시냇물을 따라 그림처럼 이어져 있었다.

"먼 길 오느라 고생 많았습니다. 나는 오늘부터 여러분을 지도할 책임자입니다. 이 행사는 정부에서 남북 청소년 문화 교류를 위해 마련한 것입니다. 이제 남과 북이 통일의 문을 여는 시대지요. 청소년들은 통일의 주역이고요. 서로를 이해하는 눈을 갖추는 게 통일의 첫걸음일 것입니다. 인문학적인 소양을 갖출수 있는 강연과 프로그램이 여러분을 기다립니다. 남과 북을 떠나, 청소년 여러분들이 고민할 만한 일들을 이야기해보는 장도 마련했습니다. 기대해도 좋습니다."

원장의 연설에 강당이 울렸다. 북한에서 행하던 생활 총화 시간과 비슷해서 깜짝 놀랐다.

스태프들은 숙소를 배정해주고 3박 4일간 함께할 조 편성표를 나눠주었다. 설화는 남한 학생 다섯 명인 조였다. 각 조마다 인원 구성이 비슷한 것 같았다. 옆자리에 앉았던 여자아이도 같은 조였다. 설화는 새삼 다시 설렜다. 그러나 그 아이는 마네킹처럼 무표정한 얼굴이었다.

스태프 중 한 명이 서로 자기소개를 하라고 한 뒤, 다른 팀으로 갔다.

"일신 고등학교에서 온 주재미입니다. 저를 만난 여러분은 모두 재미가 있을 겁니다."

버스에서부터 눈에 띄던 노란 머리 남학생의 소개가 끝나자 듣던 아이들이 피식거렸다.

"저는 이번 행사를 취재해서 다큐 영상물을 만들려고 왔어요. 강지석입니다."

간결한 소개 끝에 꾸벅 고개를 숙이는 모습이 꽤 호감 가는 남학생이었다. 지석의 인사가 끝나자 이번에는 한쪽으로 시선이 쏠렸다. 모두 그 아이의 정체가 궁금한 모양이었다.

"선화 디자인 학교에 다니는 이몽희라고 합니다. 전 그냥……, 엄마가 가라고 해서 와봤어요."

이름이 몽희인가 보다. 쌀쌀맞은 인상과는 달리 낯가림이 심해 보였다. 특히 남학생들하고 눈을 마주치지 않으려 애쓰는 모습이 도드라졌다. 알 듯 모를 듯 신비하면서도 가녀려 보이는 모습에 남학생들은 더 끌리는 눈치였다.

몇몇 아이들의 소개가 더 이어지고 이제 설화 차례였다. 팀원들이 호기심 가득한 눈으로 설화를 바라보았다. 국정원에서 탈북 경위를 심문받던 날처럼 떨렸다.

"저는 탈북 대안학교에서 온 오설화입니다. 남한 친구들을 사귀고 싶어 왔습니다."

잠깐 침묵이 흐르는가 싶더니, 누군가 "와우!" 하며 박수를 쳤다. 주재미였다. 덕분에 모두들 엉겁결에 박수를 치게 됐다.

"지금도 탈북하는 사람 많아? 평창 올림픽 때 온 예술단원들 정말 세련되어 보이던데, 나 북한 사람 가까이에서 보는 건 처음이거든. 신기하다. 우리랑 별 차이가 없네."

주재미가 호들갑을 떨었다. 그에 이어 지석이 가방에서 캠코더를 꺼내며 말을 걸었다.

"좀 찍어도 돼요?"

거절할 틈도 없이 이미 찍을 것처럼 카메라 포커스를 맞추고 있었다. 그러곤 다시 동의를 구하듯 설화를 바라보았다.

"안 된다면 안 찍을게요."

"아니, 괜찮아요."

설화는 기분이 나쁜 것도 아니지만 좋지도 않았다. 걱정했던 대로 동물원 원숭이가 되어가는 것 같았다. 관심을 받고 싶었던 건 사실이지만 이런 식은 아니었다.

"북한 어디서 왔어요? 이번 캠프에 온 소감은 어떤지 한마디만 해줄래요?"

지석이 카메라를 든 채 설화의 눈을 지긋이 바라보았다. 강압적이지는 않지만 거부하기 힘든 묘한 힘이 있는 목소리였다.

"함경북도 무산에서 살다가 배고프고 힘들어서 탈북했어요. 엄마가 나를 더 좋은 환경에서 공부시키는 게 소원이라고 하셨어요. 남한에 온 지는 1년 되었고요. 그전에 중국 연길에서 3년

정도 살았는데……. 북한은 많이 변한 것 같지만, 딱히 그렇지
만도 않다고 해요."

"북한에서 혼자 왔나요? 남한에서 생활하는 건 어때요? 북한
과 가장 다른 점은 뭔가요?"

지석이 끈질기게 파고들었다. 무슨 말을 해야 할지 몰라 잠시
뜸을 들였다. 다른 아이들은 이게 무슨 상황인가 싶으면서도 궁
금하다는 듯 눈을 빛내고 있었다.

"혼자 왔어요. 엄마는 저와 같이 두만강을 건너다 총 맞아 돌
아가시고 아빠는 북한에 계세요. 아파서 함께 떠나 오지 못했는
데 지금은 소식도 몰라요."

설화는 최대한 당당하게 말하려고 애썼다. 하지만 분위기는
갑자기 숙연해지고 말았다.

"아 네. 그랬군요. 미안해요."

지석은 금세 캠코더를 물리며 겸연쩍은 표정을 지었다. 구조
요청이라도 하듯 주재미 쪽을 쳐다보는 것 같았지만 주재미는
특유의 그 짓궂은 몸짓으로 어깨를 으쓱하더니 눈알을 다른 쪽
으로 굴리고 있었다.

"자, 자. 소개는 이 정도로 끝내자. 앞으로 시간이 많으니까 차
차 알아 가도록 하고. 일단 숙소 배정받은 곳으로 가서 짐 풀고
식사하러 와라."

곧이어 스태프가 다시 왔고 설화는 종이에 그려진 대로 숙소를 찾아 들어갔다. 뜻밖에도 몽희가 먼저 방에 들어와 있었다.

'저 아이와 단둘이 지내게 된 건가.'

몽희는 짐을 풀면서도 어디엔가 넋을 놓고 온 사람처럼 말이 없었다.

"저녁 먹으러 같이 갈래……요?"

설화는 조심스럽게 몽희에게 말을 걸었다.

"……난 나중에 나갈게요."

몽희가 마지못해 대답했다. 몽희는 혼자 섬 안에 갇힌 사람 같았다. 더는 말을 붙일 수 없어 혼자 식당에 내려갔다. 먼저 내려와 있던 남학생들이 손짓했다.

"같이 먹을래요?"

지석이 다가와 친근하게 말을 걸었다. 하지만 설화는 아직 남자애들만 있는 그 틈에 섞일 자신이 없었다.

"아니, 됐어요."

고개를 젓고 따로 자리를 잡았다. 왁자한 아이들과 동떨어져 혼자 밥을 먹는 동안 지석은 내내 설화 쪽을 쳐다보았다. 계속 신경이 쓰이는 모양이었다. 그 눈길만으로도 찬 속에 따뜻한 물을 마신 것처럼 안도감이 들었다.

밥을 먹고 숙소로 들어가기 전, 설화는 혼자서 숙소 주위를 걸었다. 산속이라 어둠이 일찍 찾아왔다. 사방이 밤바다처럼 깜깜했다. 밤하늘에는 별들이 소금을 뿌려놓은 것처럼 빛나고 있었다. 고향 툇마루에서 바라본 별들도 저렇게 빛났었다.

'엄마. 거긴 어때요?'

설화는 하늘을 올려다보며 혼자 중얼거렸다. 아빠는 살아계실까? 폐가 안 좋아 누워만 있던 아빠 생각을 하자 가슴이 먹먹해졌다. 좀전까지 밝게 깜빡거리던 별빛이 아스라이 멀어지면서 눈가에 뜨거운 물기가 스쳤다.

숙소에 들어오니 몽희는 이어폰을 꽂고 앉아 있었다. 설화는 몽희에게 다시 말을 걸어볼까 하다 말았다. 방해받고 싶어 하지 않는 것 같았다. 조용히 욕실로 들어가 뜨거운 물을 틀었다.

"한참 기다렸잖아!"

설화가 샤워를 마치고 나오자 몽희가 문 밖에서 온몸을 비틀고 있었다.

"아, 미, 미안."

설화가 얼른 비켜주자 몽희는 화장실로 후다닥 뛰어들어갔다. 그 모습이 꼭 동생처럼 귀여워 보였다.

그날 밤, 설화는 곁에 누운 몽희에게 말 한마디 붙이지 못한 채 뒤척이다 까무룩 잠이 들었다.

새들의 합창 소리에 눈을 떴다. 아침을 먹은 아이들이 운동장에 모여들었다. 운동장에서는 조별 대항 피구 경기가 한창이었다. 조용하던 숲속이 아이들 응원 소리로 들썩거렸다. 설화 조는 열심히 뛰었지만 초반에 깨지고 말았다. 멀뚱히 앉아 남의 조 경기하는 것만 보고 있자니 지루하기 짝이 없었다. 머리 위로는 햇볕이 따가웠고 경쟁이라도 하듯 울어대는 매미 소리는 짜증스러웠다.

설화는 그늘을 찾아 두리번거렸다. 몽희도 재미가 없는지 먼산바라기를 하고 있었다. 설화는 살며시 자리에서 일어나 강당 앞 등나무 밑에 놓인 빈 의자로 향했다. 거기에선 같은 조 남학생 두 명이 이야기를 나누고 있었다.

"야, 몽희라는 애 말이야. 내가 먼저 찜했다! 너 찝쩍대지 마. 알았지?"

주재미가 설레발을 치고 있었다. 그러자 옆에 있던 애가 소문을 내겠다며 짓궂게 놀려댔다. 못 들은 척 지나려는데 뒤에 몽희가 따라오는 게 보였다. 몽희는 남자아이들이 하는 말을 못 들은 것 같았다.

"디자인 학교에서는 뭘 배우는 거니? 그림 잘 그리나 봐? 나도 그림 그리고 싶은데……."

설화는 몽희 곁으로 바싹 붙으며 말을 걸어보았다.

"그냥 공부하기 싫어서, 디자인 학교는 다를 줄 알고 갔어."

몽희는 심드렁하게 말한 뒤, 혼자 앞서 걸었다.

"와! 점심시간이다. 배고파 죽는 줄 알았네. 오늘 돈가스던데 맛있겠다. 배 터지게 먹자."

주재미가 둘을 앞질러 뛰어갔다. 다른 아이들도 온몸이 땀으로 범벅이 된 채 식당을 향해 달렸다.

설화는 어제처럼 혼자 먹고 싶진 않았다. 혼자 먹을 바에야 차라리 굶겠다 싶어 산책로를 걸었다. 터벅터벅 산을 오르는데 누군가 따라오는 기척이 느껴졌다.

"같이 가. 웬 걸음이 그렇게 빨라. 아까부터 쫓아 왔는데……."

뜻밖에도 지석이었다. 지석은 캠코더를 메고 뒤따라 오며 땀을 뻘뻘 흘리고 있었다.

"밥 안 먹어…… 요?"

"편하게 말 놓자. 간식을 많이 먹어서 그런가 배가 별로 안 고파. 그냥 너랑 얘기하고 싶어서 따라왔어."

지석이 앞장서서 산등성이를 올랐다. 말없이 앞을 향하는데 등 뒤에서 또 바스락 낙엽 밟는 소리가 들렸다. 몽희였다. 땅을 내려다보며 걸어 올라오고 있었다.

"와, 우리 조 여기서 다 만나네? 너는 왜 밥 안 먹어?"

지석은 몽희를 보자 반갑단 듯이 해맑게 웃었다. 하지만 몽희는 지석의 말에도 대꾸를 안 했다. 말없이 가던 길만 갈 뿐이었다. 마치 죽으러 가는 사람처럼 발걸음이 무거워 보였다. 지석이 어벙한 얼굴로 몽희의 뒷모습을 쳐다보았다.

'나한테만 쌀쌀맞은 게 아니었구나.'

그나저나 몽희는 왜 혼자 빙빙 도는 걸까. 갸우뚱거리다 이내 산 풍경에 시선을 빼앗겼다. 온통 푸른 잎으로 가득한 산이 신기했다. 민둥산과 돼기밭뿐인 고향과 너무도 달랐다.

"정말 칡넝쿨이 많다. 어디선가 듣기론 칡뿌리 하나만으로도 남과 북의 현실을 알 수 있다고 하던데. 정말 그래?"

설화는 지석의 느닷없는 질문에 말문이 막혔다.

"난 칡뿌리를 캐 먹어본 적이 없어. 돼지풀이나 감자, 꽈리는 간혹 캐 먹어봤지만……."

설화가 퉁명스레 말했다. 얼마나 가난했냐는 질문에 답하는 건, 하고 싶지 않다.

"다큐로 본 건데, 남한은 칡뿌리 때문에 골머리를 앓을 지경이래. 먹을 게 넘쳐나는 세상이니 칡뿌리를 캐 먹는 사람이 없는 거지. 칡넝쿨 때문에 정작 필요한 나무들이 죽어가고 있다고 해. 그런데 북한은 칡넝쿨이 자랄 새가 없다는 거야."

얄팍한 호기심으로 하는 말 같진 않았다. 설화는 반 정도 열어둔 마음으로 대꾸했다.

"글쎄……. 맞는 말이긴 해. 북한은 산에 나무가 우거질 새가 없어. 배고픈 사람들이 끼니를 찾아 산을 헤매니까. 당연히 산나물도 없고 칡넝쿨도 보기 힘들지."

무슨 의도로 그런 걸 묻는지, 지석에게 묻고 싶었다. 그때 낯익은 목소리가 불쑥 끼어들었다.

"어, 뭐야. 스태프 쌤이 찾아보라고 해서 와봤더니, 밥도 안 먹고 여기서 꽁냥거리고 있네? 뭐냐? 사귀냐?"

주재미가 실실 웃으며 올라오고 있었다. 설화는 당황스러운 눈으로 지석을 바라보았다. 지석은 주재미의 노란 머리를 마구잡이로 흩트리더니 어깨동무를 했다.

"너야말로 스토커냐? 왜 내 뒤만 졸졸 쫓아다니는 건데?"

"아 뭐래. 우리 조 스태프 쌤이 개별 행동하는 사람 벌칙 준다고 너희들 데려오랬어."

주재미는 지석을 털어내듯 떼어놓으면서도 눈길은 앞서 가는 몽희에게 있었다. 주재미는 이내 지석과 설희를 지나쳐 후다닥 몽희 곁으로 달려가 이런저런 시시한 말을 걸었다. 몽희는 그런 주재미를 산에서 마주친 날벌레라도 대하듯 슬슬 피했다. 그러다 무슨 말끝에 주재미가 팔을 뻗쳐 몽희의 소매를 잡으려 하자 몽희가 "꺅!" 소리를 지르며 주저앉았다.

설희는 재빨리 달려가 몽희 앞에 우뚝 섰다.

"싫다잖아. 왜 그래!"

"아니, 내가 뭘 어쨌다고 그래. 그냥 말 몇 마디 건 것뿐인데."

주재미가 무안한 듯 주춤거리자 다시 설화가 나섰다.

"말 몇 마디건 뭐건 간에 싫다는데 왜 그래? 순날라리마냥 대가리는 노래가지고. 건들지 말고 너희들끼리 내려가."

주재미는 물론이고 지석도 설화가 쏘아붙이는 말에 흠칫 놀라는 것 같았다. 지석이 주재미의 어깨를 툭 치며 말했다.

"그래. 몽희가 불편해하는데 자꾸 쫓아다니면 안 되지. 네가 잘못한 거야. 얼른 사과해."

"미안."

얼굴이 새빨개진 주재미가 진심인지 아닌지 모를 사과의 말을 했다. 설화가 다시 도끼눈을 치켜떴다.

"다신 몽희 앞에 얼씬하지 마. 알았어?"

"어휴, 알았어. 겁나 꼽 주네."

주재미는 이내 풀죽은 모습으로 뒤돌아 내려갔다.

"쟤가 좀 짓궂지? 별 뜻 없이 친해지고 싶어서 그런 걸 거야. 위험하니까 너희도 빨리 내려와."

지석은 설화와 몽희에게 어색한 웃음을 지어 보이곤 주재미를 쫓아 내려갔다.

"휴, 하여간 북이나 남이나 사내놈들은 별나다니깐."

설화가 두 남자아이의 뒷모습을 잔뜩 흘기곤 다시 몽희를 바라보았을 때 몽희는 주저앉은 채 설화를 올려다보고 있었다. 웃는 것도 같고 우는 것도 같은 표정이었다.

"가자."

설화는 별안간 얼굴이 후끈해지는 걸 감추기 위해 서둘러 산 아래로 발길을 돌렸다.

산속의 어둠은 시계처럼 정확히 찾아왔다. 땅거미가 지자, 야식 타임이 펼쳐졌다. 별식으로 나온 치킨과 피자를 먹는데, 지잉, 마이크가 울리는 소리가 들렸다.

"이미 공지했던 대로, 잠시 후 운동장에서 친목의 시간을 갖도록 하겠습니다. 다 드셨으면 모두 나와 조별로 앉아 주시기 바랍니다. 여러분을 즐겁게 할 가수 분도 특별히 모셨습니다."

설화는 피자를 한 입 베어 무는 몽희에게 넌지시 다가갔다.

"같이 운동장에 나가자. 어떤 가수가 왔을까?"

몽희는 설화를 향해 고개를 끄덕였다.

주재미가 제일 먼저 우당탕 운동장으로 내려가 자리를 잡았다. 곧이어 조원 모두가 뒤따라 내려가 줄지어 앉았다.

운동장 한복판에 장작더미가 산처럼 높이 쌓여 있었다. 주변에는 휘발유 통과 통옥수수가 담긴 상자도 보였다. 아이들은 모두 들뜬 모습으로 옹기종기 모여 이야기꽃을 피웠다.

"오늘은 운동장에서 캠프파이어를 할 거다."

교관이 장작더미에 불을 붙였다. 불빛에 비친 학생들의 얼굴이 모두 영화배우처럼 빛났다. 설화는 남한 친구들과 캠프를 왔다는 게 이제야 실감 났다. 원장의 지루한 훈화가 끝난 뒤, 교관이 다시 마이크를 잡았다.

"여러분을 위해 단숨에 이곳까지 달려온 탈북 가수 모란봉 씨를 모시겠습니다. 박수!"

학생들이 일제히 환호성을 울리며 박수를 쳤다.

"여러분, 반갑습니다. 여러분의 젊음이 무조건 부럽습니다. 저는 청춘 시절에 사선을 넘나드느라 고달팠습니다. 여러분은 분단의 아픔을 딛고 일어서시길 바랍니다. 절대 나처럼 청춘을 도둑 맞아서는 안 됩니다."

모란봉 가수는 영상으로 보는 것보다 훨씬 고왔지만 어딘가 어색했다. 북한 출신답지 않게 화려한 의상도 그렇고 반듯한 서울 말씨도 거슬렸다. 그러나 정확한 북한식 억양으로 노래를 부르는 모습을 보자, 마음이 움직였다.

반갑습니다. 반갑습니다. 반갑습니다~ 반갑습니다~
동포 여러분 형제 여~러분 정다운 그 손목 잡아봅시다.

"여러분 다 같이 불러요!"

모란봉 가수가 한 손을 높이 들며 외쳤다.

"아 뭐야. 킥킥. 촌스럽게."

몇몇 학생들이 들릴 듯 말 듯한 소리로 웃자 교관이 눈으로 쥐어박는 시늉을 하며 따라 하라는 신호를 보냈다.

쭈뼛거리던 학생들이 하나둘 노래를 따라 부르기 시작했다. 가수가 무대에서 내려와 학생 한 사람 한 사람 손을 잡으며 노래했다. 처음에 어색해하던 남한 아이들도 이상하리만치 금방 젖어 들었다. 그리운 듯 서러운 듯, 염원이 담긴 목소리가 가슴 깊이 감겨들었다. 설화는 옆에 있는 몽희의 손을 힘주어 잡았다. 몽희가 보일 듯 말 듯 웃어 보였다.

"북한에서 저 노래 많이 불렀어?"

어느새 캠코더를 들고 설화 곁으로 온 지석이 물었다. 몽희도 궁금했는지 설화에게 눈길을 주었다.

"응. 근데, 여기서 듣는 것과는 달라. 북한에서는 동원 나갔을 때 많이 부르는 노래야."

"자꾸 듣다 보니 신나고 정겹다."

지석의 말에 몽희가 말없이 고개를 끄덕였다. 별것 아닌 고갯 짓이었지만 설화는 마음이 따뜻해졌다.

밤이 깊어서야 행사가 모두 끝나고 숙소로 들어왔다.

"먼저 씻을게."

세면도구를 들고 욕실로 들어갔던 몽희는 생각보다 금방 나왔다. 몽희는 머리를 말리지도 않은 채 방바닥 한가득 화장품을 펼쳐 놓았고, 그걸 본 설화는 눈이 휘둥그레졌다.

"와. 이거 다 네 거야? 넌 좋은 걸 많이 발라서 예쁜가 보다."

"너도 예뻐. 얼른 씻고 와. 내 화장품 같이 쓰자."

갑작스러운 말이었다. 예쁘다는 말과 함께 친근하게 다가오는 몽희를 보며 설화는 어리둥절하면서도 날아갈 듯한 기분이 들었다. 대충 씻고 나와 화장품을 요리조리 살펴보았다. 모두 고급스럽고 비싸 보였다.

"북한에서도 화장 많이 해?"

몽희가 아주 조심스럽게 물었다.

"북한에서는 화장품 구하는 게 쉽지 않아. 여기처럼 색조 화장품은 많지도 않고. 직접 화장수 만들어서 쓰는 사람도 많아. 근데 아주 조잡해."

"이거 너 줄게. 선크림이야. 엄마가 백화점에서 사주신 거야."

설화는 뜻밖의 선물에 입이 다물어지지 않았다.

"나한테 줘도 돼? 이거 비싼 거 아니야?"

설화의 말을 듣는 건지 마는 건지 몽희는 엉뚱한 말로 대답했다.

"난 여기 오기 싫었어. 친구 사귀는 것도 별로고, 근데 이상하게 넌 좀 언니 같은 느낌이 들어서……."

설화는 도도해 보이던 몽희가 맞나 싶어 물끄러미 바라보았다. 몽희가 장난스럽게 코를 찡긋해 보였다. 뜻밖의 모습에 설화는 또다시 가슴이 뛰었다.

"그럼 나랑 친구 할래?"

설화는 순간 흥분해서 큰 목소리로 말했다. 몽희는 아무도 없는 방 안에서 주변 눈치를 살피듯 두리번거렸다.

"옆방 사람들 깨겠다."

설화는 몽희와 많은 이야기를 나누고 싶었지만, 몽희는 곧바로 이불을 깔았다. 새끼고양이처럼 이불 속으로 폭 들어가는 몽희를 보며 설화도 그 옆에 몸을 뉘었다. 너무 가까이 붙으면 몽희 마음이 멀어질 것도 같아 숨소리도 조심스러운 밤이었다.

어느새, 캠프 마지막 날을 하루 앞둔 아침이었다.

원장이 말한 대로 프로그램은 다양했다. 청소년 멘토로 활약하는 교수가 '마음 근육 키우는 법'에 대해 강의도 하고 생태학자가 나와서 'DMZ에 사는 동식물'을 소개해주기도 했다.

다음 순서를 위해 몽희와 설화는 강당으로 종종걸음을 쳤다. 강당에 들어서자 아치형 문에 강당 전체가 하얀 칼라 꽃으로 장

식되어 있었다. 백합보다 더 우아하면서도 고결해 보이는 꽃이
었다.

학생들이 다 모이자 개량 한복 차림의 원장이 앞으로 나와
마이크를 잡았다.

"이번에는 '청소년의 몸과 성'에 대한 강연이 준비되어 있습
니다. 귀한 강연을 위해 특별히 섭외한 김강철 성상담 연구 소
장님을 모시겠습니다."

원장의 소개에 이어 이름처럼 단단해 보이는 체격을 한 강사
가 나왔다. 그가 마이크 테스트라도 하듯 헛기침을 하자 아이들
이 웅성거리기 시작했다.

"갑자기 웬 몸과 성?"

"성교육이라도 하려는 건가? 학교에서 다 들었는데."

"뭐래. 개뜬금이네."

강사는 쑥덕거리는 소리를 뚫고 입을 열었다.

"저는 오랫동안 청소년 성 상담을 해 왔습니다. 그러면서 청
소년들이 너무 자기 몸에 대해 모른다는 것을 알았습니다. 성에
대해 잘 모른 채, 불장난을 하는 경우도 많습니다. 그 결과 평생
을 어두운 그늘 속에서 살아가는 것을 많이 보았습니다. 청소년
여러분의 몸은 백합처럼 깨끗할 때, 가치가 있는 것입니다. 그
것은 여러분 스스로가 지켜야 할 성지입니다. 그럼 여기서 한

편의 영상을 본 뒤, 심층적인 이야기로 들어가 보겠습니다."

강사의 자기소개가 끝나자 아이들은 더욱 어처구니없다는 표정을 지었지만, 무어라 투덜대는 말이 나오기도 전 불이 꺼지고 바로 영상이 나왔다.

온 화면이 하얀 칼라 꽃으로 가득했다. 신부의 드레스보다 더 하얀 꽃더미 위에서 교복을 입은 남녀가 서로의 몸을 탐하는 듯한 모습이 적나라하게 그려졌다. 잠시 후 순백의 칼라 꽃이 붉게 물들어가는 장면이 느리게 클로즈업되었다. 곱고 우아하던 꽃더미는 순식간에 피바다가 되었다. 마지막 장면은 일그러진 꽃을 든 여학생이 울고 있는 모습으로 끝났다.

어둡던 강당에 불이 켜진 뒤 강당은 찬물을 끼얹은 것처럼 조용했다. 학생들 모두 넋이 나간 듯 멍한 표정이었다.

설화는 금방이라도 토할 것 같았다. 속은 울렁거리는 데다 머리를 송곳으로 찌르는 것처럼 아팠다. 침착하려 해도 자꾸만 손이 떨렸다.

영상이 끝나자, 강사는 마이크를 대고 선언하듯 말했다.

"여러분의 몸은 칼라 꽃처럼 순결해야 합니다. 영상에 나오는 것처럼 불장난은 여러분을 파멸시키고 말 것입니다."

설화는 가슴을 진정시키려 눈을 감았다. 그럴수록 강단 위의 칼라 꽃이 더욱 선명하게 떠올랐다. 하얀 꽃잎이 붉게 물들던 모습이 스쳤다. 애써 잊었던 기억들이 무서운 속도로 재생되고 있었다. 국경선 너머의 스산한 중국 농촌 풍경과 함께.

"도망칠 수 없어. 절대로. 넌 꽃만치 이뻐."

역한 입 냄새를 풍기며 늙은이가 다가왔던 날. 한때는 아빠라 불렀던 그의 거친 손이 몸에 닿자, 설화는 진저리를 쳤다. 그의 손길이 닿았던 곳마다 구더기가 기어 나올 것만 같았다. 늙은이가 슬금슬금 다가와 껴안았다. 그가 팬티 속으로 손을 집어넣은 건 찰나였다. 저항하면 할수록 짐승의 손아귀는 점점 더 집요해졌다. 송곳으로 찌르는 듯한 통증. 하얀 면 이불 위에 떨어진 붉은 핏자국. 무섭고도 역겨웠다. 이불 위에 웅크린 채 울고 있던 열다섯 여자아이의 모습이 눈앞에 아른거렸다.

설화는 벌떡 일어나 강당 밖으로 나왔다. 숨을 쉴 수가 없었다. 스태프들에게 잡히면 다시 행사장에 끌려가야 할 것 같아 숙소를 향해 달렸다.

숙소에 들어서자마자 불을 켤 생각도 못 하고 이불부터 찾는데, 꿈지럭. 발치에 무언가 걸렸다. 몽희였다.

"앗, 깜짝이야. 너 여기 왜 있어? 언제 나온 거야?"

가만히 보니 몽희 눈이 빨갛게 부어 있었다. 몽희는 아무 말 없이 다시 이불을 뒤집어쓴 채, 고꾸라지듯 자리에 누워 옅은 신음을 냈다. 몽희에게 무슨 말인가 해야 할 것 같았지만 어지럼증 때문에 입이 떨어지지 않았다.

설화는 누워 잠을 청했지만 쉽게 잠이 들지 않았다. 그동안 상담을 통해 치료를 받았기 때문에 더러운 상처 따위는 잊었다고 믿었지만 아니었나 보다.

"네 탓이 아니야. 네 잘못이 아니라고. 스스로를 용서하지 않으면 안 돼."

하나원에서 나와 전문 상담사를 만나 들은 말이었다. 그 말이 얼마나 헛된 구호에 지나지 않는지 뼛속까지 느껴졌다.

이런저런 생각에 뒤척거리다 겨우 잠이 들려던 찰나였다. 바로 옆에서 웅얼거리는 소리가 들렸다. 설핏 눈을 떠보니 잠든 줄 알았던 몽희가 앉아 훌쩍이고 있었다.

"절대 용서 못 해. 죽여버릴 거야. 더러운 새끼. 개 같은 년."

시계를 보니 새벽 세 시였다. 설화는 몽희가 잠꼬대를 하는 줄 알았다. 그런데 아니었다. 몽희는 넋을 놓고 있었다. 그토록 예쁘던 얼굴이 벌레 먹은 꽃마냥 수척해져 있었다. 누구를 용서 못 하겠다는 걸까. 더러운 새끼는 누구고 개 같은 년은 누구란 걸까.

"악몽 꿨니?"

설화는 다독이는 말투로 물었다. 몽희는 몽롱한 눈빛으로 설화를 무심히 바라보았다. 그런 몽희가 찬비 맞은 새처럼 측은해 보였다.

"칼라 꽃, 좋아하던 꽃인데, 이제 무서워졌어."

몽희가 힘겹게 말했다. 뜻밖의 말에 설화는 입을 다물지 못했다. 잠시 침묵이 흘렀다. 기가 막혔다. 무슨 일인지, 듣지 않아도 알 것 같았다.

"응. 핏빛으로 물드는 거 너무 흉측했지? 나도 이제 칼라 꽃 보면 구역질 날 것 같아."

"너도?"

몽희가 왜 이런 질문을 하는지, 설화는 알 것 같았다.

설화는 홀린 듯 몸을 일으켜 방 벽에 등을 기댔다. 그러곤 연길에서 있었던 일을 독백처럼 털어놓았다. 설화의 말을 듣는 내내 몽희는 귀를 막기도 하고 자기 어깨를 감싸기도 했다. 간간이 오한이 드는 것처럼 부르르 떨기도 했다. 하지만 설화에게 말을 그만하라고 하진 않았다.

이야기를 마친 뒤에도 설화는 눈물 한 방울 흘리지 않았다. 이런 것쯤 별거 아니라는 듯 처연한 웃음으로 고개를 떨굴 뿐이었다.

몽희는 그런 설화를 한동안 바라본 뒤, 무겁게 입을 열었다.

"나도 할 말 있는데……."

설희는 자기 이야기를 털어놓을 때보다 더 긴장이 됐다. 두근

거리는 가슴을 눌러두듯 몽희 손을 꾹 잡자 몽희는 애써 가다듬은 목소리로 더듬더듬 입을 열었다.

"엄마와 재혼한 남자가 엄마만 없으면 날 만졌어. 만져선 안될 곳까지 전부 다 만졌어. 만지고 더듬더니 어느 날부턴, 더러운 몸으로 내 위에 올라왔어. 반항하면 엄마도 죽인다고 협박하면서. 난 참았어. 엄마가 죽는 게 싫어서. 엄마 때문에 참았어. 그런데……."

설화가 아랫입술을 꾹 깨물었다. 크게 심호흡을 하느라고 가슴을 부풀려봤지만 숨이 들어오지 않았다.

"어느 날 봤어. 침실 방문 틈으로. 엄마가 나랑 그 남자를 물끄러미 바라보는 거. 나랑 눈이 마주쳤는데, 그랬는데 그냥 방문을 닫았어. 아무것도 못 본 사람처럼."

손톱을 물어뜯는 몽희의 말에, 설화는 미처 내쉬지 못한 숨이 가슴팍을 짓누르는 것 같은 통증을 느꼈다.

"엄마를 죽이고 싶어. 짐승이 주는 돈으로 명품 옷 사고 비싼 화장품 사서 나한테 갖다 주는데, 그게 더 참을 수 없어. 개 같아."

말을 하다 말고 몽희는 꺼억꺼억, 소리 내어 울었다. 몽희가 울자 설화도 그제야 숨통이 트인 듯 울음이 쏟아졌다. 예쁜 입으로 험한 말을 하는 게 어울리지 않아 더 슬펐다.

둘은 희뿌옇게 동이 터올 때까지 많은 이야기를 나누었다.

"죽이고 싶다, 그치?"

설화가 두 주먹을 불끈 쥐며 말했다.

"엄마한테 말하고 싶어. 그 새끼진 난지, 둘 중 하나를 택하라고."

몽희의 눈에 광기가 서렸다. 그조차도 설화 눈엔 귀엽게만 보였다.

"넌, 참 대단해. 고향을 떠나 강을 건널 생각을 다 하고. 연길에서 그렇게 아픈 일을 당했는데도 하나도 기죽지 않고. 정말 강한 아이 같아. 나도 널 닮고 싶어. 그럴 수 있을까?"

"사실 나도 안간힘 쓰는 거야. 약해지면 죽을 것 같아서."

설화는 몽희와 비밀을 공유한 것이 반가우면서도 아팠다. 그렇게 처참한 일을 겪기에 몽희는 너무 예뻤다. 얼굴뿐 아니라 마음도, 핏빛으로 얼룩지기엔 너무 어여쁜 칼라 꽃이었다.

집으로 돌아오는 버스에 올랐다. 3박 4일이 아니라 340일을 숲에서 보낸 것 같았다. 많은 것이 그대로인 듯싶지만, 그대로가 아니었다. 설화는 몽희와 가까워진 것만으로도 그간 잃었던 것들을 전부 돌려받은 기분이었다.

설화가 생각에 잠겨 창밖을 보는 사이, 지석이 곁으로 다가와 말을 건넸다.

"만나서 반가웠어. 앞으로도 연락하며 지내자."

진심이 느껴지는 말이었다. 썩 괜찮은 얼굴에 배려심 깊은 성격, 지석은 어쩌면 어릴 적부터 꿈에 그리던 남한 남학생일지도 모른다. 하지만 설화는 자기 마음속에 남자 친구를 초대할 방이 아직은 없다는 걸 느꼈다.

"고마워. 서울 가서도 가끔 보면 좋지."

허허로운 말을 내뱉으면서, 조금은 쓸쓸하기도 했다.

그때 몽희가 넌지시 다가와 옆 좌석에 앉았다.

"설화야, 앞으로도 다시 만날 수 있지? 꼭 다시 만나자."

몽희가 나지막이 꺼낸 말에 설화는 새삼 가슴이 아릿해졌다.

"그래. 넌 내 남한 친구 1호니까."

씩씩하게 몽희의 손을 잡았다. 제3국을 통해 무사히 인천행 비행기를 탔을 때처럼 눈가가 뜨거워졌다.

열일곱, 몸으로 건네는 말들

소설을 쓰는 저에게 청소년들과 소통할 수 있는 장이 주어진 건 행운이자 기회였습니다. 문학에 대한 열정을 안고 찾아온 청소년들과 긴 시간의 강을 함께 건너며 소설의 집을 지었지만, 늘 새롭습니다.

여러 사연을 안고 '쉼터'나 '감별소'에 머물던 친구들을 만난 일은 제 문학의 화두가 되었습니다. 북한을 떠나 사선을 넘어온 친구들을 가르치는 것 또한 특별한 인연이자 선물이었습니다. 그들 모두 가르친다는 명분으로 만났지만, 실은 제가 더 많은 걸 배운 시간이었습니다.

"어른들은 우리를 자신들의 틀 속에 가둬놓고 원하는 대로 길들이려 할 때가 많아요. 특히 우리 몸이나 성에 대한 부분은 더 하죠. 어른들은 진짜 우리들의 실체를 모르는 것 같아요. 우리 속에 있는 페르소나가 얼마나 다양한지, 알면 깜짝 놀라실걸요."

맞습니다.

청소년들은 알면서 모른 척할 때가 많습니다. 때로는 어른들보다 더 많은 것을 알고, 이미 경험하고 있음에도 표현하지 않습니다. 어쩌면 아무것도 모르길 바라는 어른들의 요구에 맞춰 입을 다무는 건지도 모릅니다.

이성을 향한 끌림 때문에 경계선을 넘었지만, 임신에 대한 두려움에 떨고 있는 여학생을 만난 적이 있습니다. 겉으로 보기에는 수수하고 평범한 학생이라 놀라웠습니다. 그 후로 관심을 갖고 보니, 성폭행, 성매매, 성병 등에 노출된 학생들이 있었고, 데이트 폭력을 경험하는 학생도 종종 있었습니다. 모두가 상처를 끌어안고 아파만 할 뿐, 대책 없이 모든 걸 포기한 채 살기도 했습니다.

푸르른 나이에 왜 저토록 아픈 경험을 하게 되었을까? 이 질문으로부터 소설은 시작되었습니다. 교복 속에, 혹은 미성년자라는 신분 아래 감추어진 청소년들의 오늘을 솔직하게 그려보고 싶었습니다. 소설이라는 허구 속에 진실을 담고 싶었습니다.

이번 소설에 나온 주인공들은 오랫동안 애정을 갖고 지켜본 청소년들의 이미지입니다. 아프고 힘들어도 '나는 나'로 살기 위해 애쓰는 청소년들에게 응원가를 보내는 마음으로 썼습니다.

"청소년 소설이라는 이유로 유아적인 발상이나 말투로 우리를 그리지 말아주세요. 우린 어른들과 똑같아요. 특히 사랑에 대한 모든 부분은요."

내가 만난 청소년들의 목소리에 적극 공감합니다. 어쩌면 어른들도 다 알고 있지만 드러내어 표현하는 것이 두려웠던 것인지도 모릅니다. 이제 더는 가려서는 안 된다고 생각합니다. 아니 가릴 수조차 없는 세상입니다. 실체를 볼 때 진실은 의외로 단순하고 아름다울 수 있습니다.

오랫동안 가슴에 품고 있던 소설 속의 주인공들을 떠나 보냅니다. 넓은 세상에서 많은 독자들과 소통하며 공감대를 이끌어 냈으면 좋겠습니다.

2019년 가을의 문턱에서
박경희

버진
신드롬

초판 발행 2019년 09월 10일

초판 3쇄 2021년 01월 15일

저자 박경희

발행인 이진곤

발행처 블랙홀

출판등록 제 25100-2015-000077호(2015년 10월 26일)

주소 경기도 파주시 문발로 405

전화 02-338-0092

팩스 02-338-0097

홈페이지 www.seentalk.co.kr

E-mail seentalk@naver.com

ISBN 979-11-88974-25-2 44800

979-11-956569-0-5 (세트)

이 도서의 국립중앙도서관 출판예정도서목록(CIP)은 서지정보유통지원시스템 홈페이지 (http://seoji.nl.go.kr)와 국가자료공동목록시스템(http://www.nl.go.kr/kolisnet)에서 이용하실 수 있습니다.(CIP제어번호: CIP2019033974)